ピンダロス祝勝歌研究

ピンダロス祝勝歌研究

小池 登著

知泉書館

　　　　はじめに
　　　　─────────

　ギリシャ古典文学の中でも特に難解な詩人とされてきたピンダロスであるが，その作品『祝勝歌集』のギリシャ語本文は，今，どこまで正確に読解できているのか。どれほど「読めて」いないのか。あるいは，読み解くためには何が必要なのか。そしてこれらの，専門的な文学研究を始めるにあたっておよそ初歩的に過ぎると見えかねない問いかけの根底には，次の疑問がある。すなわち，ピンダロス研究において目下，必要とされるのは，祝勝歌本文そのものの網羅的な再読・再検討なのではないか。本書は4つの細密な本文読解によってピンダロス研究に貢献せんとする個別専門研究であるが，そこで追求されているのは常に，このような問いである。

　ピンダロスは，我が国における認知度は極めて低いと言わざるを得ないが，本来ならば，二大叙事詩『イーリアス』『オデュッセイア』や三大悲劇詩人と並び立つ位置を占めるべき詩人である。紀元前5世紀前半に活躍した合唱抒情詩人として，片やホメーロス，ヘーシオドスを先人に持ち，片やアイスキュロスのほぼ同時代人にあたる。まさに古典期の始まりに位置しており，アルカイック期から古典期にかけての結節点を体現する唯一の詩人と言って良い。あるいは，抒情詩というジャンルを伝える唯一の，という言い方もできよう。アルキロコスにしてもサッポーにしても，写本の伝承は途絶えており，所詮，断片で伝わるに過ぎない。断片という僥倖の価値を否定するつもりは毛頭ない。しかし引用断片にせよ，パピルス断片にせよ，作家・作品の総体を伝える可能性の点において，写本による伝承とは比較にならないこともまた確かである（悲劇断片集を眺めながら，「もし三大詩人が断片のみで伝わっていたなら，どれほど誤解されていたことか」といって冷や汗をかいてみるのは，ありふ

れた遊びの一つである)。我々が手にしているピンダロス『祝勝歌集』は,古代アレクサンドリアでまとめられたとされるピンダロス作品集のパピルス巻子本17巻のうちの,わずか4巻分に過ぎない。しかしこれこそが,アルカイック期と古典期とをつなぐギリシャ古典そのものである——そう断言したとしても,それほど言い過ぎではないのである。

作品内容においても,ピンダロスは叙事詩や悲劇におよそ引けを取るものではない。周知の通り祝勝歌とは,オリュンピア競技祭(俗に言う古代オリンピック)を筆頭とする4大運動競技祭その他の競技優勝者を,母国の誉れとして称える歌である。これだけ聞けば,何も知らない人なら文学としての価値に疑問を感じても不思議はないが,もちろんこの説明は,祝勝歌の内実を伝えない。

小振りの作品を一瞥するだけでも明らかであろう。『オリュンピア第11歌』の全文を引いてみよう。南イタリアの一植民市ロクロイ・エピッゼピュリオイの出の,ハーゲーシダーモスなる男の名を不朽のものとした歌である。この歌は,ピンダロスの作品中に抜きん出たものでは決してない。また訳文からは,原文の音の響きも,単語の選択・配列の妙も全て失われ,そもそも逐語訳は文学的な味わいを再現するためのものではない。長い歌には必ず含まれる長大な神話挿入という魅力にも欠けている。しかしそれでも,祝勝歌の一つの典型を示すに十分といって良い。

　　　　人々にとっていちばん重要なもの,それは時に風であり,
　　　　そして時に天空からの水,
　　　　雲より降りしきる子供たちである。
　　　　しかしとりわけ,誰かが苦労を越えて成功を収める時には,蜜
　　　　　の響きの賛歌が
5　　　後の名声の始まりとなり,
　　　　また偉大な勲のための確かな証となる。

　　　　そのような賛辞が,オリュンピア競技の勝利者には惜しげもな
　　　　　く
　　　　捧げられるものである。なれば我が舌は
　　　　かくのごとき(多大の)賛辞を引き具す牧者とならんともする

　　　　ものの，
　10　しかしむしろ神の助力を得ていれば，（たとえ簡潔な言葉でも）
　　　　巧みな称え手として人は（多言を尽くすのに）勝るとも劣
　　　　らぬ言葉を発せられるものなのだ。
　　　　ゆえに今こそ――心せよ，アルケストラトスの子
　　　　ハーゲーシダーモスよ――お前の拳闘競技（の勝利）のゆえに

　　　　神々しいオリーブの冠に加える飾りとして
　　　　甘い調べの称えの声を私は上げよう，
　15　またロクロイ・エピッゼピュリオイの一族のことも忘れずに称
　　　　えよう。
　　　　さすればこの地で祝宴に加わりたまえ，女神ムーサの方々よ。
　　　　何となれば私は約束しよう，
　　　　あなた方が訪れることになるのは，決して小さからぬ歓待の心
　　　　を持つ人々のところ，
　　　　立派な事々によくよく通じている人々，
　　　　詩歌にかけては極めて賢く，同時に戦士でもある人々のところ
　　　　であると。何しろ持って生まれた特質というものは，燃え
　　　　立つ毛色の狐も，
　20　咆哮とどろく獅子も，変えることがないのだから。

　人にとって大切なものは，という探索を起点として，歌の本筋は，人間界の実生活の諸相を駆け抜け，大胆な比喩と印象的な格言を織り交ぜながら，今，この時に必要なこととして，偉業を前にしたならこれをしかるべく称えるべし，と焦点を絞り込んでゆく。そして翻って，人はいかに称えの言葉を紡ぐべきなのかという，文芸批評の黎明とも言えるような考察を経て，遂に11-14行で最大のクライマックス，すなわち勝利者の直接賛美に達し，続けて15-19行で勝利者の祖国の人々を称賛する。それらとて，単純な賛美・礼賛とは言い難い。そして最後はまた，一つの格言をもって静かに歌を終えるのである。
　月並みな言い方をすれば，ピンダロスの祝勝歌は，追従の押し売りとも，安っぽいスポーツドラマとも無縁である。実際の競技の場面描写が

含まれないのは，祝勝歌の顕著な特徴の一つである。称賛は，勝利者が名指しされ，父の名と競技地・種目が挙げられることをもって，十全にその役割を果たすとされた（実際そのようにして，2500年を経て極東の小国にまでハーゲーシダーモスの名は達した）。あるいは，このような類比を使えば良いであろうか。『イーリアス』は，古代ギリシャ文化にあっては，まずもってアキッレウスの不朽の名声を後世に伝える歌であった。しかしこの大叙事詩が今も読まれるのはもちろん，そのようにしてではない。あるいは，神事の一環として行われ国威発揚の場でもあったはずのギリシャ悲劇は，それらを差し置いた別の側面から，人々の心を揺さぶり続ける。ホメーロス風賛歌においてすら，我々は単なる宗教的礼賛ならざるものを見出す。ギリシャ古典の一として，ピンダロスの祝勝歌がジャンルの定義を超えてはるかに文学であるのは，かえって当然のことである。

　このような重要性をもつピンダロスであるが，その読解の歴史は決して平坦ではなかった。むしろ逆に，極めて難解な，ほとんど読解不能な詩人とされてきたのである。古註（スコリア）の影響の下，そしてとりわけヨーロッパ近代のロマン主義的ならびに歴史主義的読解の影響の下，ピンダロスの祝勝歌は，詩的な晦渋に富んで脈絡の辿り難いものとされ，統一性が欠如し，話題は唐突に転換，比喩は大胆に過ぎ，詩人の個人的感情がしばしば祝勝の場に不適切なまでに噴出するものとされてきた。そしてこの読解不可能性について人は，あるいはそれこそ文学の本質であると開き直り，あるいは各々の歌の背後に隠された歴史事象によって説明可能としてその探求を研究の第一目的とした。あるいはまた，全ての謎を解く秘密の鍵ないし作業仮説の発見へと躍起になってきた。

　そのような状況にあって画期をなしたのが，周知の通り，エルロイ・バンディーの著した『ピンダロス研究』（1962年）である。彼は2つの歌を題材に，ピンダロス祝勝歌が明確な脈絡のもとに読解可能であることを，祝勝歌および周辺ジャンルからの類例（パラレル）の蒐集によって実証してみせた。一見したところの難解さは，このジャンルの慣わしについての現代人の無知に根ざすのであり，祝勝歌では最終的に，称えられるべき者を称えることを第一目的とする論理性が析出可能である。祝勝歌は，唐突に個人的感情の噴出する（括弧付きの）「抒情」詩でもな

ければ，詩人の伝記事項を読み込むべき「歴史書」でもない。ここに示された祝勝歌理解への展望をもって初めてピンダロス祝勝歌は，古典古代の祝勝歌そのものとして研究することが可能になったのであった。

　言うまでもないことだが，先に挙げた『オリュンピア第11歌』の訳文は，既にバンディーの研究成果が盛り込まれており，かつて感じられてきた難解さを伝えない（この歌は彼が取り上げた2歌のうちの1つである）。端的な違いは，「そして」「しかしとりわけ」「……ものである」「なれば」「ゆえに」等々の表現に現れよう。一つ一つの文のつないでゆく脈絡は，原文の言葉づかいそのものを見る限りは，あくまでも多義的である。ある箇所の接続詞は，順接，逆接，説明付与その他，諸々に機能し得る。またある文は関係代名詞によってつながれ，あるところは接続語省略（アシュンデトン）が用いられる。現代人が虚心にと称して当時の物言いに対して無知のままに祝勝歌本文にあたるならば，このような一貫した読解はできなくてむしろ当然と言うべきなのである。ギリシャ古典文化の中で共有されていた理解は，類例による実証を通じてのみ，復元可能である。そのことを一言で表してバンディーは，「ピンダロス研究はジャンルの研究であらねばならない」と言ったのであった。

　バンディーの論ずるところは，内容の重大性に加えて過度に論争的な性格が相俟って一部で激しい論争を巻き起こしたものの，ほどなくしてピンダロス研究の大前提と認められることになる。今や，ピンダロス研究において，それは当然の出発点である。しかし何事にも行き過ぎということはある。半世紀を経て反省も加えられ，それを越えた次の一歩が踏み出されんとしている。一例として，「新歴史主義」と呼ばれる動きを挙げることができよう。かつては否定されかけた歴史主義的考察であるが，いかなる文学も歴史的背景なしに成立しないこともまた確かである。新歴史主義は，ピンダロス祝勝歌を文化的背景の中に位置づけ直すことを急務とする，ピンダロス研究において目下もっとも勢いのある動きの一つである。今や，バンディーは超克されつつあるように見える。

　しかしながら本書は，そういった動きとは一線を画するものである。むしろ冒頭に挙げた問いを旨とし，精緻を期した実証的読解を通じて，ピンダロス理解に堅実な貢献をなすことを目指すものである。しかしそれは同時に，ピンダロス研究全体に一石を投じることを企図するもので

もある。その際の導きの糸となるのは，やはりバンディーであった。

　（本書のギリシャ語カナ表記においては，有気閉鎖音は対応する無気閉鎖音と同様に扱う。近代の学者名といくつかの重要な専門用語については，本文中にも欧文表記を用いた。研究文献の引用にあたっては，巻末の文献表に従い，著者名［と必要ならば表題の略］でもって行う。なお本書の議論の性格上，十全な理解のためには古典ギリシャ語の知識を求めざるを得ないが，そうでなくとも議論の要所を追うことは十分に可能かと思う。より広範な読者に益となるよう，本文中の主要な引用には拙訳をつけた。もっとも序論に示されるようにピンダロス祝勝歌が網羅的な再読を必要としている限りにおいて，引用直後に示される訳文は通読のための便宜の域を出ない。対するに主題的に議論の対象とされる箇所については，直後ではなく議論の過程で当該箇所の正しい理解が提示される。その場合，訳文は結論の一部ともなる。）

目　次

———————

はじめに……………………………………………………………… xx

序　論 ……………………………………………………………………3
第1章　『ピューティア第1歌』85-92行 ………………………27
第2章　『ピューティア第9歌』79-80行 ………………………57
第3章　『オリュンピア第6歌』82-84行 ………………………75
第4章　『ピューティア第2歌』67行以下 ………………………99
結　論 …………………………………………………………………129
付　論　『ネメア第7歌』102-104行 …………………………131

あとがき………………………………………………………………143
文献表…………………………………………………………………147
索　引…………………………………………………………………155

ピンダロス祝勝歌研究

序　論

I

　Elroy Bundy のなした仕事は，ピンダロス研究への20世紀中最大の貢献である，という言いかたは，今や月並みな常套句と化しつつある[1]。そしてほとんどの場合，「しかし」と人はつづける。Bundy の仕事は，あくまでも出発点であり，当然の前提であり，本当に求められるのはその先である，と。そのさまは，まるで Bundy の投げ掛けたメッセージを，自分たちは十分に理解・吸収したと言わんばかりに見える。通常，Bundy の最も重要なテーゼとされるのは，その著作の冒頭と末尾に見られる，次の二つの言葉である：

　　ピンダロスならびにバッキュリデースにおいては，いかなる章句といえども称賛を第一目的としないものはない——称賛，すなわち，個々の依頼者の栄誉を高めることである[2]。

　　我々は新たに始めなければならないのだ。それには，個々の祝勝歌を注意深く分析し，合唱詩の詩作におけるテーマやモチーフの文法を探求することである。ピンダロス研究は，ジャンルの研究とならなければならない[3]。

　1）　常套句になる前の最初期の評価として，cf. Young, 'Criticism', 88: 'his work is probably the most important of this century'。Boeckh から Bundy に至る近代ピンダロス研究を総括したこの重要な論文が最初に発表されたのは，40年以上も前のことであり，それは Bundy, *Studia* の発表からさして間を置かぬ時のことであった。

　2）　Bundy, *Studia*, 3. ('[T]here is no passage in Pindar and Bakkhulides that is not in its primary intent enkomiastic— that is, designed to enhance the glory of a particular patron.')

ピンダロスに対する無理解の多くは，祝勝歌に固有の伝統様式についての我々の無知に根ざしており，祝勝歌におけるあらゆる言明は，全て勝利者の賛美という一目的へと集約できると前提すべきこと。難解とされてきた箇所が，実のところ伝統的なトポスとして十分なパラレルをもって確認可能なこと。ピンダロス祝勝歌の理解に向けて，ここに示された展望が果たした役割は，確かに絶大であった。「しかし」，それはあくまでも出発点であって，我々はその先へとすぐに進む必要がある，というのである。Young の言葉に代表させよう：

> 確かに彼は，このジャンルにおける「テーマやモチーフの文法」を明らかにしてくれる。しかしながら，文法とはあらゆる言語作品の端緒に過ぎず，ジャンルの研究は基礎に過ぎないのであって，その基礎の上にさらなる理解が築かれるべきなのだ[4]。

　このような Bundy 理解に対して，本研究は異を唱えるものである。急いで補足しなければならない。異を唱えるのはもちろん，上述の点において Bundy の最大の貢献を認めることにおいてではない。本研究は，そのことには全力で同意しつつも，それを「出発点に過ぎない」とみる考え方が，問い直されるべきだと主張するものである。
　Bundy の投げ掛けた最大の問題提起を，人は看過していると言わなければならない。その最重要点は，勝利者賛美という一目的への集約というテーゼや，ジャンル理解に基づくトポス論への注意喚起にあるのではない。それは，先の引用から取り出せば，「我々は新たに始めなければならない」という一文に見出されるべきである。あるいはむしろ，以下の一文を引くべきであろう：

---

　3) Bundy, *Studia*, 92. ('[W]e must start anew, seeking through careful analysis of individual odes the thematic and motivational grammar of choral composition. The study of Pindar must become a study of genre.')

　4) Young, 'Criticism', 88（強調論者）。常套句を再生産するだけの浅薄な Bundy 理解は言及に値しないと判断し，極めて優れた考察の中においてすら，この考え方は見られるのだということを示すために，敢えて Young に代表させたものである。('He is, indeed, revealing to us the "thematic and motivational grammar" of the genre. However, grammar is *only the beginning of any verbal work*, and the study of the genre is *only a foundation* on which to build further understanding.')

私が［……］示さんとしたのは，以下を実践することにより，どれほどの成果が得られるかということなのだ。すなわち，アレクサンドリアを元にして「知った」ことを，かの古代の証言者たちと同じ方法論に立脚した近代研究によって「知った」ことを，棄却すること，祝勝歌自身に語らしめること，それも一つ一つの歌を孤立させ空疎な文献学に陥るのではなく，あくまでも全体として，詩的・修辞的な慣わしの所産として扱うことである。そしてかくのごとき慣わしは，目下のところ我々には不分明ではあるが，比較研究によって復元可能なのだ[5]。

　ピンダロス研究がなにがしかの成果を得るためには，スコリアに根ざす今までのピンダロス理解から決別する必要があること。祝勝歌自身に語らしめること。その際，未だ我々には不分明であるところの，詩的・修辞的言説の伝統を踏まえることを第一とすべきこと。

　祝勝歌自身に語らしめるべし，という言葉づかいは，あまりに当然すぎるお題目に見えるであろうか。そう見えるなら，その意味するところは伝わっていないと言わなくてはならない。無批判的にスコリアを前提とすることをやめること，あるいは，スコリアの方法論に則した近代的ピンダロス読解を捨て去ること。現状のピンダロス理解におけるスコリアの，もしくはスコリア的解釈の浸透度を勘案すれば[6]，それは実質的に，我々が理解していたピンダロスの全てを捨て去り，一文一文を読み直せ，と言っているに等しい。我々は，祝勝歌そのものの声を，未だ聞いていないのである。Bundyが問うたのは，ピンダロス祝勝歌の網羅的な再読の必要性であって，この問題提起の重要性を前にすれば，先に挙げられたようなテーゼはあくまで，今までの誤読を立証するための武

---

5) Bundy, *Studia*, 35（強調論者）。('I [...] tried to indicate what results we might hope to achieve if *we discard what we "know" from Alexandrian sources* and from modern researches based on the methods of those ancient witnesses, and *let the odes speak for themselves*, not separately, each in a philological vacuum, but together *as the products of poetic and rhetorical conventions* whose meaning, though *at present dark to us*, is recoverable from comparative study.')

6) ピンダロス研究におけるスコリア的な理解の浸透度については，cf. Lefkowitz, *First-Person,* passim，さらにその一つの表れとして，「ピンダロスは難解である」というレッテルの生成過程について，cf. Most, *Measures,* 11-25。

器に過ぎず，また，再読のための指針を提案したものに過ぎない。

　すなわちBundyは，建設的であるよりは，はるかに破壊的だったのであり，それは，「次の一歩」をすぐさまに踏み出せるようなものでは，全くない。Bundyの示したものは，ピンダロス研究の「基礎に過ぎない」ようなものではない。それは，ピンダロス理解の基礎そのものが失われたことを表しており，それを再び（あるいは初めて）獲得する作業の必要性を示している。

　この，ピンダロス研究の基礎としての網羅的再読とは，例えば，いわゆる文学的注釈の集合体といったようなものとは，全く次元を異にするものである。それは，この先のピンダロス研究の基盤を提供するものとして，読みの蒐集を担う基礎作業としての写本学や，読解の前提作業としての辞書編纂にも匹敵するような，根本的要請の一つとして行われるべきものである。この要請こそが，Bundyの投げ掛けた問題提起ゆえに端緒につきながらも，今，忘れられつつあるように見えるところのものなのである。

　「我々はピンダロスの一文一文を，再読する必要がある」。本研究は，このテーゼをその底辺に据えて，ピンダロス祝勝歌の徹底的再読に挑むものである。しかしながらそれは同時に，およそ一個人の能力を超えた一大要件でもある。ゆえに本研究の目的は，二重のものとなる。すなわち，片やその主目的は，この一大要件に対して，小さくとも確実な一歩を踏みしめることで寄与をなすことにある。本研究はまずもって，小さな一歩を踏む再読の集合として，ピンダロス祝勝歌3400余行のうちのたとえ幾許かについてでも確実な議論をせんとするがゆえに，あくまでも基礎作業であるとの自負を持って，敢えて総論を排し，徹底的な個別論として提示される。

　しかしまた，この作業が一個人の能力を超えたものであるがゆえに，本研究はその副目的として，以下のことを想定している。すなわち，Bundyによって端緒が付けられ，その後，いくつかの研究によって受け継がれながらも，今や，まるで超克されたかのごとく忘れられつつあるように見えるこの一大要件について，再びその必要性へと実例をもって注意を喚起し，研究の結集を促すことである。

II

　しかしそもそも再読とは何であるのか。何をもって一文は読めたと，あるいは読めていないということが明らかとなるのか。総論なき個別論を標榜する本研究は，この点についても，大きな理論的枠組を提示するものではなく，あくまでも実践を第一とし，最終的には常識をよりどころとするものであって，それは本論の中で，各々の個別論を通じて具体化されてゆくことになろう。しかし研究の最初にあたって，最低限の解説と，立場表明は必要と思われる。

　読解についての基本的な考え方は，Bundy のその著作の全編において，十分にその方向性が示されていると本研究は評価するものではあるが，しかしながら，当時のピンダロス理解への論争意識に満ちたその著作[7]の中から，明快なテーゼの抽出は，必ずしも容易でないかもしれない。あるいはそうであるからこそ，Bundy の受容態度にかくもの差異が生じたのだとも言えるだろう。そこでピンダロス読解のための基本的責務を明文化したものとして，本研究は，Slater の優れて常識的な記述を支持するものである。すなわち，祝勝歌は勝利者を称えるための一種の修辞あるいは論述であり，それは一筋の線を辿って一歩一歩論を積み重ねてゆくものであるがゆえに，この論の展開を歌全体に渡って確認することが，祝勝歌理解のための最低条件である，とするその言葉である。

　　私が提案したいのは，これ［祝勝歌］を一種の立論 argumentation とみなすことである。すなわちこれは詩の形をとった論述 argument から構成されたものであり，その目的は勝利者を称賛するこ

---

[7] Bundy の過度な論争意識は，その言葉づかいに随所に見られるものであり，とりたてて注釈の必要があるとは思われないが，中でも『オリュンピア第11歌』最終文の格言の解釈をめぐる逸話には，注意を促しても良いであろう。今では間違いなく laudandus の特質をあらわすものと解釈される，獅子と狐の格言について，Bundy は，当初そのように解釈していながら，執筆の段階になって，敢えて議論を喚起するために，逆の論を立ててみたのだという (cf. Race, *Style*, 171 n. 10)。その著作は常に論争意識に満ちており，時としてその言葉が過ぎることに，我々は常に注意すべきである。

とにあると考えるのである。そしてそのような論述こそ，Bundyが吟味したものであり，そこにはある種のパターンがあること，そしてパターンはジャンル全体を通じてみられることを明らかにしたのである[8]。

詩は，一歩一歩進むにつれ，先行する行の印象が折り重なって，一つ一つ論述を組み立てて行く。［……］こういった論述の連鎖を前にすれば，その他すべてのことは末梢的であると私は考える[9]。

一個の歌の解釈にあたっては，歌の論述を当の歌全体に渡って確定することこそが，必須の最低要件である[10]。

　実に単純な話である。それは，ピンダロス研究の第一の責務として，歌の「論述」を，あるいはもっと簡単に言えば，歌の脈絡を辿る必要を説くものである。しかしながらこの単純な主張が示唆するのは，まさしく，ピンダロス研究において歌の脈絡を辿らずとも良しとされてきた，その悪しき伝統の糾弾であり，また同時に，何をもって脈絡が辿れたとするのか，それを近代人の身勝手な思い入れでもってではなく，あくまでも祝勝歌というジャンルの伝統を理解することでもって裏付ける必要を説く，厳しい指摘でもある。本研究は，祝勝歌理解の最低要件として，歌の論述を辿り切るべしという要請を，最も真摯に実践しようとするものであり，その過程において，いくつもの歌が，脈絡のつながらぬままに放置されているのを見ることになるであろう。
　さらにここで，実践を旨とする本研究の立場を明確にするために，二つの優れた先行研究を実例として示す。一つは，歌の「論述の線」とは

---

[8] Slater, 'Doubts', 195. ('I suggest we look upon it [sc. encomiastic poetry] as argumentation, structures of poetic argument for the end of glorifying the victor. These arguments were investigated by Bundy who demonstrated that they fell into patterns, that these patterns existed throughout the genre [...].')

[9] Ibid., 196. ('[P]oems proceed step by step building argument on argument as impressions accrue from preceding lines [...]. [A]nd to this chain of argument I feel that all else is subservient.')

[10] Ibid., 199. ('[T]he establishing of the argument throughout the ode is the minimum prerequisite for an interpretation of an ode.')

何かにかかわる問題として，重要な指摘をなした研究であり，一つは，ギリシャ語が読めたとは，あるいは読めていないとはどういうことなのか，徹底的な個別論の典型として，優れた成果を挙げたものである。

　歌の論述の「一筋の線」とはいかなるものであるのか。しばしば批判される線的進行 linear progress の概念であるが，この「線」はもちろん，「常に直前を受ける」といったような単純なものではあり得ない。祝勝歌が，近現代人たる我々の無批判的な期待よりも，おそらくはるかに複雑な「線」を辿ることがあり得ることを示したのが，『ピューティア第3歌』に対する Young の読解である。

  P. 3.1 ff.：
   Ἤθελον Χίρωνά κε Φιλλυρίδαν,
   εἰ χρεὼν τοῦθ' ἁμετέρας ἀπὸ γλώσσας
    κοινὸν εὔξασθαι ἔπος,
   ζώειν τὸν ἀποιχόμενον,
   […]
  77 ἀλλ' ἐπεύξασθαι μὲν ἐγὼν ἐθέλω
   Ματρί, […]

  できることなら，ピッリュラーの子ケイローンが生きていてくれたらと祈りたいところだ，我が口からこのようなありふれた言葉を発することが許されるならばのことだが。［……］だが私としては，母なる神に祈りを捧げることにしたい。

この1行目の未完了形の動詞は，κε とともに非現実条件の帰結文と解すべきであって，それに対する前文として，2行目以下の εἰ 節の中には未完了形 ἦν の省略を想定すべきである。もってこの3行は拒絶のモチーフ recusatio の始まりを構成し，それは，壮大にも本歌の1-76行目までを占め，1行目の，結局は発せられざる祈りに対して，歌い手の発する本当の祈りが，77行目に対置されるのである[11]。

---

　11)　この解釈は実のところ，細かいところで修正を要するものである：cf. Slater, review of Young; id., 'Pythian 3'; Pellicia, 'Pindarus Homericus'. 両者の指摘する通り，1-3行

Youngの示したこの解釈の重要性は，どれほど強調しても足りないだろう。かつてこの歌は，大意としては明快ながらも，その脈絡は捉えられていなかった[12]。だがここにあるのは，明確な，しかも極めて長大な修辞の構造なのであり，その解釈の蓋然性は，古典文学全体のパラレルから補強されるのである。そしてこの確認とともにもう一点，祝勝歌理解の上で注目すべきことがある。それは，この解釈を是とすることによって導き出される当然の帰結，すなわち，ピンダロス祝勝歌を聞いていたのは，このような論述の線を一緒になって辿ることのできる聴衆だったのだということの確認である[13]。ピンダロス祝勝歌の歌の論述の「線」は，かくも大きな構造を作ることもあるものなのであり，そして聴衆は，そのような修辞の構造を味わうことができたのである。

　対するにMillerの示した『ネメア第4歌』の読みは，より緻密なレベルで，我々が時としていかにギリシャ語一文一文を読めていないかを明らかにする[14]。

N. 4.33ff.：

τὰ μακρὰ δ' ἐξενέπειν ἐρύκει με τεθμός
ὧραί τ' ἐπειγόμεναι·
35　ἴυγγι δ' ἕλκομαι ἦτορ νεομηνίᾳ θιγέμεν.

は非現実条件文ととるよりも，実現不可能な願望文に，挿入的留保が付加されていると解すべきである（とりわけ，Pellicia, 42-45に良く集められたパラレルを見よ）。しかしながら，歌の論述の線を追うという観点から注意すべきなのは，実現不可能な願望文がその常として，まさに実現不可能であるがゆえにfoilとして機能し，より現実的な選択肢を引き出す構造をとるという点である（Slater, 'Pythian 3', 51-54がutopian wishのモチーフと名づける，一群の例を参照せよ）。すなわち，Youngが示した本歌の全体構造，すなわち，第1行目において，最終的に棄却されることになる一文が提示されていること，しかも第1行のその最初の発言時点において，後の棄却が聴衆に明らかにされていること，しかるにその棄却ははるか後，77行目に行われていることという，その修辞の全体構造は，あくまでも不変である。

12) Gildersleeve, 268は言う：'[t]he drift of P. 3 seems to be plain enough'。本歌の歌の論述は，所詮，漂うように流れてゆくものとしてしか捉え得ず，そうでありながら，その漂うさま自体は明快なので，それで良しとされていたのである。

13) Cf. Slater, 'Pythian 3', 52. これは，文学評価力において質の高い聴衆ということを意味するのではない。我々とは異なる常識をもつ聴衆だということである。もちろんSlaterの言うとおり，聴衆の側は，最初の1行目を聴いたとき，まさかこれほどまでに巨大なrecusatioとなるとは予期していなかったであろう。

14) Miller, 'N. 4'.

> ἔμπα, καίπερ ἔχει βαθεῖα ποντιὰς ἅλμα
> μέσσον, ἀντίτειν᾽ ἐπιβουλίαις· σφόδρα δόξομεν
> δαΐων ὑπέρτεροι ἐν φάει καταβαίνειν·
> φθονερὰ δ᾽ ἄλλος ἀνὴρ βλέπων
> […][15]

多くのことを語ることは慣わしが，迫る時が，許さない。さらに我が心は媚薬に惹かれて新月の儀に触れんとしている。しかしながら，海の深みに胴の真ん中を押さえ込まれているとは言うものの，謀略に立ち向かえ。さすれば我々は敵よりも優れた者として光の中に踏み出すこととなろう。他の者は嫉妬深い眼差しで［……］

言葉の上では，とりたてて難しいことのない表現の並ぶ箇所である。いくつかの比喩の含意は必ずしも汲み尽くしがたいが，それらさえ基本的な意図は明快である。しかしながら Miller 以前において本箇所は，脈絡の辿りがたい，まさに読めていない箇所であった。「多くのこと」を論じている余裕はないという，その多くのこととは何を指すのか。我が心は惹かれて，どこへと向かおうとしているのか。「胴の真ん中を押さえ込まれている」とは，あるいは「謀略」とは，いかなる困難を指すのか。歌の脈絡という観点からは，本箇所の理解の差は次の点に如実に表れよう。すなわち，35行の δ(έ) と，36行の ἔμπα は，それぞれどのような意味で前後をつないでいるのか。これら諸点について，全体に渡り一貫した，説得力ある解釈が提示されたことはなかったのである[16]。

その一つ一つに明確に間違いなく答えられてこそ初めて，本箇所は読めたと言うことができるであろう。それは Miller の示した解釈によって初めて，達成されたことである。すなわち，本箇所はテラモーンの神話を受けて（ヘーラクレースのそれではない），アイアコスの末裔たちの

---

15) 39行にて Snell-Maehler の読む ἄλλος (Lobel) は不必要かつ無理な修正読みであり，採用に値しない。

16) Miller 直前の苦闘の状況として，cf. Köhnken, *Mythos*, 205-213, Carey, 'Three Myths', 146-151。

神話を語り尽くすことはできない，と始める部分である（つまり一見したところ，断絶形式 Abbruchsformel の言葉づかいをもって始まる）。そして歌い手はその理由として，祝勝歌の慣わしがあり，時の要請があり，そして我が心の惹かれるものがあると続ける（35行の δ(έ) が示すのはあくまでも，断絶の理由の第3項をなす列挙である。歌い手は今にも神話を断絶してネメアの勝利に言及せんとする素振りを見せる）。しかしながら，そのような困難には抵抗しなければならない，つまりはアイアキダイの神話を続けなければならない，と言うのである（33-35行に挙げられた困難に対して，ἔμπα は強い逆接を示して断絶すること自体を拒絶するものとなり，対するに καίπερ の節は，先に示された困難を受け直し換言するものである。歌い手は力強く脱線を続けようとするのである）。そしてその後，歌い手は，今まさに自分がとろうとしている態度が，いかに優れたものであるのか，架空の敵と対比する形で自らの力を誇ることになるのである[17]。

　もはや本箇所がなぜ読めなかったのかが怪しまれるまでに，当たり前と見えるほどに明快な解釈である。確認すべきは，一つ一つは当たり前に見えるギリシャ語が，全体として難読箇所を構成していたこと，そして，歌の脈絡を確認しつつ，小さな部分に一つ一つ明確な答を出してゆくことによって初めて，そのような箇所は克服され得るのだということであり，そして何よりも，歌には脈絡があるのだという前提をもってこそ初めて，本箇所を読むことができたのだということである。

　本研究が目指すのは，まさにこのような小さな一歩を積み重ねることにほかならない。この2箇所は，上に見たような解釈を得て，読まれるに至った。後者は難読箇所として，議論を呼びつつも解決を得ず，前者に至っては，そもそも問題の存在自体が，意識されることのなかったものである。その他の箇所においても，いくつもの研究がいくつもの箇所

17）　この Miller の解釈に対する本質的な挑戦は，未だなされていない。同じ箇所について，Miller を否定的に論じる Kyriakou は要を得ず，何か重要な指摘をなしているとは思われない。Palaiogeorgou は，本箇所の議論を簡潔によく辿り直しており有益であるが，その基本的な解釈は Miller を踏襲するものであり，そこから離れるときにはむしろ説得力を失っている。とりわけ，ἄλλος ἀνήρ の指し示すものについての考察は Miller の趣旨を取り違えており，また41-43行に歌い手のみならず勝利者をも読み込むべきであるとする主張（263-265）は，認めがたい。ここにあるのは，歌い手が，競技者を思わせる口ぶりを使いつつ，自らを描写するという技法である（本書第1章47-48頁を参照せよ）。

を読むに至っていることは，言うまでもない。しかしながら Bundy が問うたのは，ピンダロス祝勝歌全体の再読である。その道ははるかに途上であることを，本研究はその実例をもって示さんとするものであり，そしてその長大な道程にいくつかの寄与をなすことを，最大の目的とするものである。

III

　もう一点，確認すべきことがある。「脈絡を辿れた」とは何をもって判断されるのか。あるいは，祝勝歌の伝統様式を踏まえるとはどういうことであるのか。それはまた，ピンダロス研究において，パラレルとは何であるのかということにもかかわる問題である。この説明には，一つの優れた研究の中に見出される小さからぬ欠陥を通じて，反対例という形で確認することが適切であるように思われる[18]。

　安西の『ピンダロス研究』（以下，『研究』）は，今，日本語で読むことのできるピンダロス研究として，最も詳細かつ正確であり，著者のミスリーディングな言葉づかいとは裏腹に，ごく一部の新提案を除けば，ピンダロス研究の現状の正統路線を行くものであると言って間違いない[19]。その『研究』の第2部序章において安西は，バッキュリデースを考察対象から除外することを宣言する。バッキュリデースがピンダロスと同列に論じられるかどうかは「本当に難し」く，「恐らくそういう［sc. ピンダロスと同じ］型の詩人ではなかったろう」が，「その判断を裏打ちする方法も，相応しい材料も［……］持ち合わせていない」と言うのであ

---

18) 以下本節は，小池，「文学史」として発表されたものに，加筆・修正を加えたものである。

19) 著者の言葉を額面通りにとってこの書を「孤軍奮闘の連続」と評価する橋本 (130) には同意しがたい。『研究』において「孤軍奮闘」の名に値するのは，細かい論点を除けば，basis 言語なる概念の導入（iv-v et passim）と，ハルモニア・モチーフとでも名付け得るものの提唱（199-213）に限られるだろう（「最後の扉に来ていることは間違いないのだ。本当に，本論文が提供する［ジグソー・パズルの］最後の一片は小さなものなのだ」27）。『研究』の文献表は，内容に比して決して長いとは言えないが，それは「孤軍」であるからではない。単に，自説を補強する文献参照を，多くの場合において割愛しているだけのことである。

る[20]。

　確かにバッキュリデースとピンダロスは，一読しただけでもあまりにかけ離れており，両者の間には類似よりも差異ばかりが目立つというのは，皆が共通して受ける印象であろう[21]。ピンダロスの特質を研究するにあたって，異質なものを排除して対象を絞り込み，まず最初にピンダロスそのものの特徴を明らかにした上で，その展望のもとに可能ならば対象範囲を広げる。一見したところ至極当然な研究戦略と言えそうである。

　しかし，正当に見えるこの手法は本質的な問題を抱えており，ひいては『研究』の最大の弱点にもなっているように思われる。何となればバッキュリデースは，時代とジャンルを一にするという点で，文学史的観点において，ピンダロスに最も近い詩人である。これをピンダロス研究から一時的といえども除外することはすなわち，ピンダロス研究から文学史を切断することの宣言に他ならない。この切断は，いかなる問題を引き起こすか。

　焦点を一つに絞る。断絶形式 Abbruchsformel を論じる『研究』第1部第4章において，ピンダロスの「私は止まる」に類する表現が，いかに「異常な」ものであり，従来の説明方式では解明不能なものであるかが強調される。特に問題視される3例（O. 1.52 ἀφίσταμαι, N. 5.16 στάσομαι, N. 8.19 ἵσταμαι）について論ずるところの中核を，多少長くなるが全文引用する。

　　これら［sc. 3つの動詞がいずれも自動詞「止まる」であって他動詞「止める」ではないこと］は，異常なことではないのか？　合唱隊であるにせよ，詩人ピンダロスであるにせよ，祝勝歌の話者であれば，先行する神話・伝説語りの語り手であったはずだ。神話・伝説語りは，話者による語りの客体であったはずだ。

　　20）『研究』171-172。なお，両者の異質性については，安西，「Bacchylides」で既に具体的に論じられていた。著者の一連のピンダロス研究の集大成の性格を持つ『研究』において，この成果が一切割愛され，極めて控えめな言葉づかいのもと，単に文献指示されるにとどまっていることもまた，注目に値する。
　　21）Cf. Maehler, 18.

私たちは，近現代の小説の中で，何度か，小説家自身が登場して，小説の流れを止め，脱線的な語りを挿入する場面に遭遇した経験を持っている。具体的な言い方がどのようなものであれ，小説家が流れている話に休みを入れる時，もし小説家が発言をするとすれば，彼は「話を中断して……」「ペンをここでしばらく休めて」という発言をするべきであろう。「私はここで止まる」や「私はこの話から離れて止まる」ではないであろう。

　いったいこの3例では何が起きているのか？　私にできる合理的に見える説明はたったひとつしかない。話の流れそのものが「私」になっているのだ［……］[22]。

　安西が「basis 言語」の概念を裏付けるにあたって極めて重要な意味を持つ本箇所の論について，とりわけ注目に値するのは，この種の表現を「異常」だと断ずるその根拠である。異常だと感じるのは，誰なのか。それは単に「近現代」の人である我々自身，もしくは安西個人ではないのか。果たしてピンダロスの上演の場に居合わせた古代ギリシャの聴衆にとっても，同様に「異常」であったと言えるのか。ここで近現代小説の類比に頼らざるを得なかったのはなぜか。

　もし，ピンダロスを離れて古典ギリシャ文学全般に視野を広げれば，言い換えるならそこに文学史的視点があったなら，この種の話者が「話の流れそのもの」になっていることを前提とした表現はいくらでも見つかったはずである。

　　h. Hom. 5.293 （= 9.9, 18.11）：
　　　σεῦ δ' ἐγὼ ἀρξάμενος μεταβήσομαι ἄλλον ἐς ὕμνον

　　　私は，あなたから始めて，別の賛歌へと移り進みましょう

　　Od. 8.492-3：
　　　ἀλλ' ἄγε δὴ μετάβηθι καὶ ἵππου κόσμον ἄεισον

---

22) 『研究』107（強調原著）。

δουρατέου

さあ移り進んで，木馬のさまを歌え

E. *Tr.* 61：

ἐκεῖσε πρῶτ' ἄνελθε

あちらへと，（話の）最初の点へと遡って行きなさい

Hdt. 4.82：

ἀναβήσομαι δὲ ἐς τὸν κατ' ἀρχὰς ἤια λέξων λόγον

私は，最初からその話をしようと進んでいたところへと歩み戻ろう

　これらの表現ではいずれも「進む・歩む」を意味する自動詞が使用され，語る者の歩みそのものが話の進行と化している。さらには道を進むイメージについて，それがギリシャ初期韻文作品において，詩・歌を表す表現としていかに現れるか，Nünlist の蒐集に頼ることができようし，あるいは詩・歌を表すものに限らずどれほど広く多彩に使用されるかについては，哲・史・文にわたるギリシャ古典期初期の諸作品を Becker が考察している[23]。もちろん諸例の表現とピンダロスのそれとの差異は考慮されるべきであり，一概に「類例があるから不自然ではなかった」と言えるほど事は単純ではない。しかし少なくとも，手放しで「異常」と呼ぶことがいかに乱暴であるかは，明らかであろう[24]。

　23）　Nünlist, 228-254; Becker, passim. さらに，使者，水の流れ，戦車，船その他，『研究』において「basis 言語」の範疇に含められる比喩表現については，Nünlist 全体を参照せよ。

　24）　さらに確認しておくと，先に挙げられたピンダロスの3例はいずれも，歩み進んでいた話者が「私は止まる」と表現するものではない。

　まず *N.* 8.19 の ἵσταμαι は断絶形式ですらない。安西はこれをキニュラースの神話語りから断絶するものととるが，むしろこれは，競走選手がスタートラインに威勢よく（「機敏な膝とともに ποσσὶ κούφοις」）「立っている ἵσταμαι」のであって（現在受動については，cf. *Il.* 4.54, 13.271, *Th.* 5.104），「新たな歌い出しへの歌い手の意気込み」を表す比喩表現である。

問題の端は，ピンダロス研究から文学史が切り離されたことにある。安西は『研究』において，一貫してピンダロス内部にのみパラレルを求め，ピンダロスの説明不可能な「異常」さを際立たせた上で，今までとは違う新たな仮説の必要を説き，「basis 言語」なる作業仮説を導入する。しかし異常さは，文学史的背景に照らし合わせて初めて異常と言えよう。換言すれば，異常さの根拠は「当時の聴衆が異常と感じたか」の問いの中に求められなければならない[25]。

　安西は従来のピンダロス研究の本質的問題点として「創作の場」からのみ説明しようとしてきたことを挙げ，それに替えて「創作の場」と「上演の場」を対置することによって初めてピンダロスは理解可能であるとの立場から出発する[26]。この点に関しては，全面的に同意を表明したい。しかし「上演の場」を考える安西の視線の中に，果たして「聴

ラベルを貼るならば「運動競技の比喩で歌を表現する」ものであって，例えば，歌い手が幅跳び選手に比される N. 5.19-20 という明確なパラレルがある：「長い跳躍場を掘りたまえ，私は膝に軽やかな推進力を持つ μακρά μοι / αὐτόθεν ἅλμαθ' ὑποσκάπτοι τις· ἔχω γονάτων ὁρμὰν ἐλαφράν」（この両箇所を含めて，ピンダロスにおける運動競技の比喩については，cf. Lefkowitz, 'Athlete'）。

　O. 1.52 の ἀφίσταμαι は安西も気付いている通り「離れている」であって，「（進んできたところを）止まる」ではない。含意は「私はそのようなことをする人々からは距離をとっている」なのであり，P. 2.54 の「離れている ἑκὰς ἐών」と本質的に変わるところはない（両箇所の，字句レベルに至るまでの並行性については Race, Style, 71-72）。

　ゆえに一見して「異常」の言葉があてはまりそうなのは唯一，N. 5.16 の στάσομαι に限られようが，これも前後の文脈を押さえさえすれば，明確なパラレルが見つかる。すなわち，ここで「大それたこと，正義に反する行為を語ることからは，私は身を慎む αἰδέομαι μέγα εἰπεῖν ἐν δίκᾳ τε μὴ κεκινδυνευμένον」と述べた後で，στάσομαι と asyndeton でつなぐ関係は，O. 1.52 において，「神々の悪食について何かを語ることは益なきことである ἐμοὶ δ' ἄπορα γαστρίμαργον μακάρων τιν' εἰπεῖν」と述べた後で「私は（そのような態度とは）距離をとる ἀφίσταμαι」と連ねるのと同じ関係にある。N. 5.16 の στάσομαι は ἀποστάσομαι と実質的に同義と考えるべきなのである（未来形は当然ながら，encomiastic future である）。

　よってこれら3例に限れば，いずれも語義解釈のレベルで十全に説明可能であるわけだが，もちろんこのことによって，ピンダロスにおける「話者が話の流れそのものとなる」表現の存在が否定されるわけではない。

25) 『研究』においても文学史の視点が導入されているのが，basis 言語のもう一つの立脚点としての「私は来た」型の表現，いわゆる到着のモチーフを考察する章である（119-142）。ギリシャ悲劇の合唱隊をパラレルとして援用する本箇所は説得力があり，その評価には別稿を要しよう。しかしそこでも文学史への否定的評価が見られることは，注目に値する：「私が現在提示できるのは，以下のような間接的な，文学史的事実のみである。いわゆる，状況証拠である」(130)。

26) 『研究』11-26。

衆」は存在していたか。『研究』では、ピンダロスの特異性の説明根拠を「文学史にだけ求めた」かどで Schadewaldt が批判されているが[27]、その際に使われる比喩は示唆的である。すなわち文学史は、詩人の「蔵書のリスト」を復元するものである限り、ピンダロス研究の根拠たりえないと言う。まさにその通りであろう。「創作の場」を復元するのみならば、文学史は不十分にとどまる。それは同時に「上演の場」をも、あるいは比喩を引き継ぐならば、聴衆の鑑賞リストをも復元すべきなのであり、すなわち聴衆の理解力を再構成するものであらねばならないからである[28]。

対するに Bundy は、一見異常に見える箇所が「聴衆の理解力」を前提にすることによって初めて説明可能になるのだという点について、明確な視野を持っていたように思われる。ピンダロスが異様だという「神話」は、合唱抒情詩の「慣わし convention」の無理解に由来すると Bundy が言う時[29]、この「慣わし」は、詩人の側だけにあるのではない。

> 聴衆は、慣わしに通じているからこそ、（この箇所の）含意を正確に汲み取るであろう[30]。

> こういった慣わしを聴衆が熟知していればこそ、空虚・無造作な形容辞の連なりと見えかねないものが、正しく形式と内実を得るのである[31]。

さらに注意すべきは、「聴衆の理解力」なる視点こそが、ピンダロス研究において適切なパラレルの範囲を規定し得るということである。「ピンダロス研究はジャンルの研究であらねばならない」[32]と言う

---

27) 『研究』20-21。
28) 上演の場と文学史研究の関係については、さらに cf. 逸身、21-23。
29) *Studia*, 2 et passim.
30) *Studia*, 16. ('[T]he audience, familiar with the conventions, will perceive the precise implication [...].')
31) *Studia*, 27. ('[I]t is the audience's knowledge of these conventions that gives precise form and value to what might otherwise appear to be a vague and random list of epithets.')

Bundy が，ピンダロスを説明するにあたって，同一ジャンルのバッキュリデースのみならず，時に独唱詩人のサッポーを，時に悲劇詩人のエウリーピデースを，そしてあろうことか時にはイソクラテース，デーモステネースといった弁論作家まで自由に引用できるのはなぜか[33]。

　古典ギリシャ文学の伝承資料の量を勘案する時，十全な復元は望むべくもなく，復元されるべき聴衆があくまで観念的・理想的なものにとどまらざるを得ない以上，例えば，我々が語義のパラレルを探す時と同じ判断基準が，聴衆の復元においても適用されるべきなのである。すなわち，最も説得的なパラレルはピンダロスの中に見出されるであろうが，それが適わぬならばジャンル・時代が近いものから順に探してゆくことになろう。ホメーロス風讃歌の展開を理解し，リューシアースの論法を聞いて説得的と感じるような，古代ギリシャの観念的・理想的な聴衆ならば，ピンダロスの言葉づかいをまた自然なものと感じたはずなのだ[34]。

　結局のところ，我々はまさにピンダロスのギリシャ語を読もうとしているのだ，というところに帰ってくることになる。一つ一つの単語の語義を問い直すときと同じくして，歌の脈絡を考えるときにおいてもやはり，まずはピンダロスによってピンダロスを説明するのが最良の手法である。しかしながらピンダロスのみを見ている限りでは，読解の蓋然性も特異性も，独善的なものにとどまる。ジャンルの伝統様式という表現に惑わされて，祝勝歌というジャンルに，あるいは抒情詩というジャンルにのみ限定されてはならない。パラレルは，より近縁の作品から得るとき，より説得力をもつものであることは疑いないことである。しかしそのことは，パラレル蒐集の範囲を狭めることを容認するものではない。ピンダロス研究から文学史を切り離してはならない。祝勝歌の歌の脈絡は，あくまでも文学史的パラレルの中で，その適否を照らし合わせつつ，

---

32) *Studia*, 92.

33) 別のところでは，ピンダロスのある種の文脈の理解に一番良いのは，アッティカ弁論を読むことだとまで言っている ('Quarrel', 59 n. 60)。

34) 当然ながら，聴衆の連続性に本質的な断絶を見出すならば，パラレルの説得力は消失する。テミスティオスの持つパラレルとしての説得力（Bundy, *Studia*, 33）が，傍証以上のもの足りえないことは明らかであろう。断絶の証明もまた，文学史研究のなすべき重要な仕事である。例えば，ヘレニズム期の「断絶」について，cf. 逸身, 27-29。

辿られるべきものなのである[35]。

IV

　我々はピンダロスの一文一文を読めていない，というテーゼを基底に据える本研究ではあるが，もちろん，全てが未着手であると主張するものではない。Bundy の問題提起の後，多くの研究によって，既に端緒が開かれていることもまた，間違いのないことである[36]。

　まずは研究のための基礎を提供するものとして，Young, Slater, Gerber の仕事に言及しなくてはならない。Young の，Boeckh から Bundy に至るまでの近代ピンダロス研究を総覧するその論文[37]と，Slater による，議論多きピンダロス諸作品の中から堅実に全箇所を蒐集・分類した語彙集[38]，そして Gerber によって集められた，ピンダロス研究の網羅的書誌[39]と，テキスト校訂における全修正読みの蒐集[40]は，

---

　35) もっとも，以上のことを確認するからといって，安西の論がその説得力を失うわけではない。なぜならピンダロスをピンダロスによって説明するのが最良の手法である事実に変わりはなく，またアルカイック期抒情詩の伝承がピンダロスに大きく偏っている以上，求めるべきパラレルの範囲は最初から制限を受けているからである。話を basis 言語に限っても，先に確認したように，確かにこれを，合唱団の身振りに重ね合わせない限り理解不可能な表現と主張することは難しいと，本研究は評価する。しかしながら『研究』によって集められた，ピンダロス内における同種の表現の遍在性，頻出性は注目されてしかるべきであり，祝勝歌の持つ「臨場感」(『研究』37) の傍証としての意味は大きい。例えば，我々は祝勝歌に遍在する竪琴や笛への言及について，「lyra 言語」といった概念装置を必要とするわけではないが，しかしその遍在性ゆえに，祝勝歌上演において楽器が演奏されていたことの蓋然性を見出す。同様にして合唱団の存在の蓋然性を，これらの表現の遍在性のうちに見ることは，十分に可能である。以下の註50をあわせて参照せよ。

　36) Bundy 以前の研究については，Young の優れた仕事（次註）を参照指示するにとどめる。しかしその中でも，Bundy 以前の一つの到達点を示すものとして，Gildersleeve の注釈書と，Farnell のそれは，しばしば参照されることになるであろう。さらにもう一人，Schadewaldt は，祝勝歌のジャンルとしての伝統を考察し，Bundy の論点の多くを先取していたその功績ゆえに，ここで特筆しなくてはならない。しかしながら Schadewaldt のピンダロス読解は，既存のそれを問い直すものではなく，あくまでもそれに立脚した上での考察である点は，注意すべきである（例えば，彼の『ネメア第7歌』理解を見よ：292-324)。彼は，ピンダロスの徹底的再読へと意識を向けることはなかった。

　37) Young, 'Criticism'.
　38) Slater, *Lexicon*.
　39) Gerber, *Bibliography*; id., '1934-1987'. 後者はしかも，ほとんどの項目にコメント

いずれも全ピンダロス研究者に多大な恩恵を与えているものである。また，新しい Loeb 版に見られる，Race の訳と簡潔な注記[41]は，この難しい対象にあって絶妙のバランス感覚を示しており，研究者をも何かと助けるものとして，ここに言及するに値しよう[42]。

　研究史を辿れば，まず Bundy 直後において，その論を真摯に受け止め，ピンダロスの読解を前進せしめたものとして，Young, Thummer, Köhnken の 3 者を挙げるべきであろう。Young は，先に挙げた『ピューティア第 3 歌』を含むいくつかの歌について，その脈絡を徹底的に辿り直すという重要な仕事をなしている[43]。Thummer は，Bundy の言う祝勝歌の伝統様式の徹底的蒐集を試み，イストミア祝勝歌集の注釈の中でそれを実践した[44]。機械的かつ強引な面があると批判されることも多いものの，今なお重要な参照文献の一つであり，また，Bundy 直後にそれをなしたことの意味は忘れられるべきではない。対するに Köhnken は，祝勝歌における神話の機能を重視し，その観点から歌の脈絡を徹底的に追った[45]。もっとも私見では，祝勝歌における神話の脈絡というものは，時として容易に，時として困難を伴いつつも追跡可能ではあるものの，概して，現代人にとっては最も辿りがたいものであるように思われる[46]。むしろ，直截な表現の脈絡を辿りきった上で初めて，神話の脈絡にも着手可能となる，とするのが本研究の立場である。しかしながら Köhnken はその点においても，他の論文を含め多大な貢献をなしており，本研究でも再三，引用されることになるであろう[47]。

が付されるという，壮大な仕事である。

40)　Gerber, *Emendations*.
41)　Race, *Loeb*.
42)　さらにここで，Hummel による文法問題を縦糸としたパラレル集も，解釈への踏み込みの甘さという不満を多々感じさせるものの，その網羅性において大いに益するものとして，言及すべきかもしれない。
43)　Young, *Three Odes*; id., *I. 7*. ただし，imagery を中心概念に据えようとした『オリュンピア第 7 歌』の解釈については，説得力に欠けると言わざるを得ない。
44)　Thummer, *Isthmischen*.
45)　Köhnken, *Mythos*.
46)　アイスキュロス『テーバイを攻める七人の将軍』観劇の第一印象として，「聴衆皆が勇敢になろうとした」という評価が，たとえ冗談としてでも成立するような聴衆を，我々は相手にしているのである：Ar. *Ra*. 1021-1024.
47)　さらにここで，最も難解とされる 2 作品について，やや理に過ぎる面を時として

Lloyd-Jones の二つの論文[48]，とりわけ先に発表されたそれは，当時のピンダロス研究を総括し，Bundy の仕事を公正に評価し世にしらしめたものとして，一つの画期をなすと高く評されるべきものである。とりわけ，近代ロマン主義ならびに歴史主義的研究の問題点を明確に示したものとして，現在，あらゆるピンダロス研究者が最初に読んでおくべきものの一つとなっている。

　対するに Lefkowitz[49] は，Bundy を受けて祝勝歌を再読してゆくという観点から見たとき，二つの点において言及されるべきである。一つは，スコリアの偏向，特にその伝記主義的記述の特質を明らかにした一連の仕事であり，二つめには，ピンダロスにおける一人称単数表現について，それを叙事詩の一人称単数表現と比較しつつ，ピンダロスという歴史的個人から引き離し，歌い手という機能としての詩人へと近づけたことである。後者はまさに，Bundy の言う称賛者 laudator としての詩人と相通ずるものであり，2 点あわせて，Bundy の理論を側面援護した形となった[50]。

　その後，重要な注釈書を著した者たちとして，Carey[51]，Gerber[52]，Braswell[53] の名を挙げるべきであろう。立場の違いはあれど，いずれも Bundy 以後の研究成果を集約するものとして，基本的なレファレンスとしての地位を確保していることにおいて，差はないものである。Carey は特に，Bundy の立場を全面的に受け継ぎ発展させるものと評

含みながらも，意欲的にその脈絡を辿り直した研究として，Most, *Measures* を挙げるべきかもしれない。

48) Lloyd-Jones, 'Modern Interpretation', 'Pindar'.
49) その仕事の重要なものは，Lefkowitz, *First-Person* に集められている。
50) もっとも，叙事詩の一人称と比較したことにより，同時に，祝勝歌単独上演説という別の論争を引き起こすこととともなった。今はむしろその点でのみ言及されることの多い彼女であるが，そのことをもって重要な貢献が見逃されてはならない。なお，祝勝歌単独上演説をめぐる議論とその後の現状については，D'Alessio, 'First-Person' ならびに Lefkowitz, 'Reconsidered' を参照せよ。また安西，『研究』第 1 部で論じられる「臨場感」の立証は，この祝勝歌単独上演説に対する壮大な反論となっていることに注意せよ。Lefkowitz によれば，合唱団の一人称は，即物的な自己描写を最大の特徴としており，それに対してピンダロスにおいては，例えば，一度として「自分の髪の色」を描写することはないではないかと問う ('Reconsidered', 145)。臨場感とはまさに，それに対する答である。
51) Carey, *Five Odes* (*P. 2, P. 9, N. 1, N. 7, I. 8*).
52) Gerber, *O. 1*; id., '*N. 6*'; id., '*O. 4*'; id. *O. 9*.
53) Braswell, *P. 4*; id., *N. 1*; id., *N. 9*.

価することができよう。これはその後いくつも発表されることになる他の論文の中にも見出される基本的姿勢である。また，重要なテーゼとして，ピンダロス全般に見られる特徴——それどころかおよそ修辞の性格をもつ言説全てにおいて見られる特徴——の一つとして，「即興の素振り」という虚構性を指摘し，これに oral-subterfuge と命名したことは，特記に値する[54]。Gerber は，その蒐集力をいかんなく発揮したバランス感覚の良い注釈を著したと評価されるものである。対するに Braswell は，Bundy の議論を受け継ぎつつも一定の距離をとり，膨大な先行研究に目を通し切った上で，実証に基づいた歴史的考察を本領とする。しかしそれが，古い歴史主義に回帰するものでは決してないことは，例えば，『ピューティア第4歌』結尾のアルケシラースへの助言の部分についての解釈に読みとることができよう[55]。

歌の脈絡を辿るべしという，その最重要テーゼを明文化したものとして，Slater は先に引いた[56]。彼はその他にも，その以前にも以後にも重要な仕事をなしており，中でも祝勝の未来を論じるその論文[57]は，Bundy 発表直後というその論争史的な文脈を伺わせる難点を含みつつも，今なおこの問題についての基本レファレンスとなっている。また，修辞の構造に注目しつつ，歌の論述を丁寧に辿るというその立場でなされている研究として，Race と Miller には言及しなくてはならないであろう。両者とも，その個別論一つ一つに意味があるのであって，一つの研究のみを言及するには適さないが，本研究において，再三参照されることになるであろう[58]。

---

54) 安西はこの oral-subterfuge の概念を，厳しく批判しようと試みている（『研究』176-178, 223-225)。しかしむしろ両者の標榜する説は，本質的に同じものである。Carey, *Five Odes,* 4-5 の言葉づかいは必ずしも明瞭ではないものの，oral-subterfuge とは，安西の提唱する「上演の瞬間に創造が為されたかのごとく」という「仮構」（『研究』, 226-227) と何ら変わらないものであり，少なくともそのようなものとして，ピンダロス研究における評価は固まっている（e.g. Scodel, 64 n. 13; Miller, 'Mimesis', 21-23; Carey, 'Victory Ode', 99-100 esp. n. 23)。ピンダロスの脈絡を追うにあたって，そこにある種の虚構の即興性を認めることは，今や当然の前提の一つである。

55) その他，Bundy 以後の注釈書として，Kirkwood, *Selections*, Privitera, Verdenius, *Commentaries*, Willcock, Gentili, Instone, Finglass などを挙げることができるが，議論の質量において，必ずしも同列に論じられるものではない。

56) 第2節 7-8 頁：Slater, 'Doubts'。

57) Id, 'Futures'。

翻って我が国に目を向けるとき，この概略的研究史において名を連ねるに値するのは，安西一人に限られる。その仕事に対する基本的な評価は，前節冒頭に述べたとおりであり，ここでは繰り返さない。本研究は多くの点でこの書に異を唱えようと試みるが，それはあくまでもその価値が明確なものだからであり，本研究も多くを安西に負っている[59]。

最後になるが，テキストについて述べておかなくてはならない。本研究においては，特に断らない限り，引用は Snell-Maehler とその行番号によるものとする。しかしながら，それはこのテキストが際立って良いものであるからではない。逆にこのテキストは，行数の数えかたにおいて看過し難い欠点をもっている点，注意を要するものである[60]。それでもなおこれを基本的な引用対象としたのは，ひとえにその流布の度合いによる，便宜を考えたものである。しかしながら行数の正確さのみならず testimonia, apparatus の充実度からしても，Turyn のテキストの価値は，今も失われていない。スコリアについては，常に Drachmann が用いられるものである。

---

58) なお，ピンダロスにおける修辞的要素ならびに，ピンダロス以後に発展することになる修辞学とピンダロス研究との関係を考察するものとして，以下のものをここで言及しておくべきであろう：Miller, 'Inventa', Race, 'Rhetoric and Lyric'.

59) 唯一，χρέος-motif を論ずる『研究』第 1 部第 6 章 (143-166) のみは，切に改訂が望まれるところである。χρή と δεῖ との意味関係の，紀元前 4 世紀以降の変化を云々してもピンダロス理解に有益であるとは思えない (150-155)。そもそもピンダロスは，両者を交換可能なものとして用いているのである (O. 6.27-28 χρὴ τοίνυν πύλας ὕμνων ἀναπιτνάμεν αὐταῖς· / πρὸς Πιτάναν δὲ παρ' Εὐρώτα πόρον δεῖ σάμερον ἐλθεῖν ἐν ὥρᾳ。なお，『研究』，150頁の「17：1 で，χρή がまだ優勢である」は「既に劣勢である」と修正のこと)。ここでも前節同様，そこに文学史的な観点があったなら，と思わずにはいられない。例えば，人を称えることを第一の目的とする散文の中で，多くの類例が見出されるであろう：Th. 2.35.3 χρὴ καὶ ἐμὲ ἑπόμενον τῷ νόμῳ πειρᾶσθαι ὑμῶν τῆς ἑκάστου βουλήσεώς τε καὶ δόξης τυχεῖν, Pl. Mx. 239c τούτων πέρι μοι δοκεῖ χρῆναι ἐπιμνησθῆναι (さらに葬礼演説における χρέος-motif について，Ziolkowski, 130 を見よ)，X. Ages. 1.1 οἶδα μὲν ὅτι τῆς Ἀγησιλάου ἀρετῆς τε καὶ δόξης οὐ ῥᾴδιον ἄξιον ἔπαινον γράψαι, ὅμως δ' ἐγχειρητέον.

60) その問題点は，Itsumi, xviii n. 1 で明瞭に示されている。一言で言うなら，その行番号は，いくつかの歌において Boeckh のそれから（断りなく）逸脱する。

V

　本研究は，個別論をもって構成されることになる。本研究で論じられる4つの考察は，意図的に総論を形成しないものとして提示される。

　第1章は，『ピューティア第1歌』最終トリアスの二人称の指示対象の問題という，一見したところ，Bundy 的な祝勝歌理解を踏まえて解決済みと思われる問題について，今一度，見落とされている視点があるのではないかと問い直すものである。

　第2章においては，『ピューティア第9歌』79行における指示代名詞 $νιν$ の指示対象を同定するという，これも一見したところ実に小さな問題の解決を試みることにより，同時に，この論争やまぬ箇所について，Bundy によって引き起こされた議論が，皮肉なことにむしろ祝勝歌そのものへと向き合うことを妨げていた可能性を示唆する。

　『オリュンピア第6歌』82行を取り上げる第3章は，大胆な比喩を使うピンダロスという一般的理解が，いかにギリシャ語本文の理解を妨げていたかを示すとともに，一単語の語義を再確認するという，ごく単純な手続き一つを皮切りに，いかに本箇所が明快に理解可能であるかを示さんとする。

　前3章に対してやや大きな文脈を論じる第4章は，最も難解であるとされながらも，Bundy 以降の研究成果によって今や概して解明の域に達しつつある『ピューティア第2歌』について，特にその難解さを担う最終部分を67行以下から捉え直し，歌の脈絡を正確に辿ることを目的とする。

　また付論として『ネメア第7歌』が取り上げられ，問題多きこの歌について，その焦点とも言える102-104行をめぐる，以前の議論の偏りと現状の理解が示され，いくつかの視点の導入によって，さらなる読解への見通しが提示される。

　繰り返しになるが，本研究が目標とするのは，まずもって個別論の解決であり，その着実な一歩一歩こそが最大の成果であると考えるものである。そして同時に，それを通して企図するのは，我々がピンダロスの

ギリシャ語を未だにどれほど読めていないのかの確認を，実例をもって行うことである。

第1章

『ピューティア第1歌』85-92行[1]

I

P. 1.81-86：

> καιρὸν εἰ φθέγξαιο, πολλῶν πείρατα συντανύσαις
> ἐν βραχεῖ, μείων ἕπεται μῶμος ἀνθρώ-
>   πων· ἀπὸ γὰρ κόρος ἀμβλύνει
> αἰανὴς ταχείας ἐλπίδας,
> ἀστῶν δ' ἀκοὰ κρύφιον θυμὸν βαρύ-
>   νει μάλιστ' ἐσλοῖσιν ἐπ' ἀλλοτρίοις.
> 85 ἀλλ' ὅμως, κρέσσον γὰρ οἰκτιρμοῦ φθόνος,
>   μὴ παρίει καλά. [...]

『ピューティア第1歌』最終トリアスにおいて、86行 μὴ παρίει καλά 以下、一連の二人称単数は誰を指すのか。そして最終トリアスは全体として、いかなる含意を持つものとなっているのか。徹底的な個別論を本義とする本研究は、この一見したところ極めて小さな問題を、最初の対象に据える。

この問題について、本歌の勝利者ヒエローンが指示対象であるとする、スコリアに端を発する説と、その息子デイノメネースととる、20世紀前半に圧倒的な力を誇った説との間の争いに終止符を打ち、目下のところ最大の貢献をなしたのは、Köhnken である[2]。

デイノメネース説を否定し、本箇所の二人称単数はヒエローンを指す

---

1) 本章は、小池、「二人称」に加筆・修正を施したものである。
2) Köhnken, 'Hieron'。論争の状況については、cf. ibid. 1, esp. n. 5。

としたKöhnkenの論の骨子は，以下の通りである。すなわち，問題となる箇所に至る直前の，一見したところ「デイノメネース賛歌」と呼びたくなるような58行以下の部分においてすら，デイノメネースへの言及は常にその父ヒエローンとの関係においてのみ現れており[3]，しかも直前79行ではもはや視点が完全にヒエローンに移っていることは明らかである[4]。いやむしろ，本歌において称賛されるべき勝利者たるヒエローンから，一度として視点が動いたことなどなかったのだと言うべきか。今まで一度もヒエローンは二人称で呼びかけられていないと人は言うが，しかしデイノメネースもまた同様に二人称で呼びかけられてはいない。要求の口調が若い王にふさわしいと言うが，むしろ言葉づかいは既に大いに功績を挙げている者にこそ適しているのである[5]。そもそも，本歌が二部に分かれて後半はデイノメネースに宛てたものとなっているという解釈は，パラレルの支持を欠く[6]。最終トリアス全体を，祝勝歌に固有の伝統様式を理解した上で捉え直すならば，それは金離れの良さと，人としての限界（端的には「死」）のわきまえ，そして不死なる名声というテーマの絡み合う，いわゆる εὐεργεσία のモチーフ[7]と解釈すべきであり，あるいはより広く捉えれば，偉業と歌の相補性をあつかう Sieg-Lied のそれ[8]となっていると考えるべきなのである。

　Köhnken の論ずるところはかくのごときものであり，それは実に説得的である。デイノメネース説を改めて掲げようとするならば，多大な論証を要するであろう。かくして本箇所の問題は，いかにも決着がついたかのようである[9]。

---

3) 59 πατέρος, 62 Ἱέρων, 69-70 ἀγητὴρ ἀνήρ / υἱῷ.

4) 73 Συρακοσίων ἀρχῷ, 79 παίδεσσιν ... Δεινομένεος（このデイノメネースは，ヒエローンの父のほうであることに注意せよ）。

5) 86 μὴ παρίει, 89 παρμένων.

6) Pace Wilamowitz, 302-304 (303, 'Fürstenspiegel')。我々が Lloyd-Jones の言葉を反芻するのは一体何度目であろうか：'the vast damage done by the fatal conjunction of nineteenth-century historicism with nineteenth-century romanticism' ('Pindar', 145)。付言すれば，スコリアの伝記主義は本箇所においてももちろん健在である：Σ 167b (ἀψευδεῖ δὲ πρὸς ἄκμονι) ἴσως δέ τι ἐπηγγείλατο τῷ Πινδάρῳ ὁ Ἱέρων，Σ 173 (εὐανθεῖ δ᾽ ἐν ὀργᾷ) ἐκ δὲ τούτου προτρέπεται τὸν Ἱέρωνα μισθὸν αὐτῷ παρασχεῖν τοῦ ἐπινίκου.

7) Cf. Bundy, *Studia*, s.v., Köhnken, 'Hieron', 7.

8) Cf. Schadewaldt, s.v. 'Sieg und Lied', Köhnken, 'Hieron', 10.

9) Lefkowitz, *Victory Ode*, 122, Kirkwood, *Selections,* ad v. 85-92, Race, *Loeb* vol. 1, 211,

しかしながらここで一つの当たり前の疑問が，全くと言って良いほど議論の対象にならないことに，いや，通り一遍の注釈の対象にすらならないことに，我々は驚かざるを得ない。すなわち，86行 μὴ παρίει καλά 以下の二人称単数は，直前の二人称単数であるところの81行 φθέγξαιο と指示対象を共にしては，なぜいけないのか，という疑問である。皆の認めるところとして，81行以下は一種の断絶形式であって祝勝歌の伝統様式に則るものであり[10]，φθέγξαιο の二人称は歌い手自身を指している。そして二人称の指示対象の転換を示す指標は，86行までの間には見出し難い。となれば86行以下をもって歌い手自身を指すものと解釈せよと，最初の直感が教えるのではないのか。

　この恥ずかしいばかりの初歩的疑問に対して，不思議なほど不親切な諸注釈者[11]の中にあって，二人称指示対象の移行可能性について明言してくれるのは Gildersleeve である。彼は82-84行の一文について，

> 期待は目的へと逸るものである。詩人は，ぐずぐずすれば，本人が不興を買うばかりか，称えられるべき人たちの僥倖までもが敵意の的となるのだ。<u>これがヒエローンの称賛への回帰を準備する</u>[12]。

と言う。その「これ this」の示すところは何とも曖昧であるが，とにもかくにも82-84行の一文が，二人称の指示対象の転換を準備しているというのである。説明にもならぬ説明だと言わざるを得ないが，実際このような言い方しかできないであろう。あるいは，祝勝歌が上演の場を第一に考えるものである以上，このような移行は合唱団の身振り一つで表現することができたはずだ，とでも説明すれば良いのか。

　しかしである。ならば問われよう。祝勝歌の中で，被称賛者 laudan-

Cingano, 18-19. また Skulsky は Köhnken を見ていないようである。Hummel, § 323 は立場を明確にしていない。
10)　この箇所の断絶が入念に準備されたものであることについては，cf. Race, *Style*, 56-57。
11)　Köhnken, 'Hieron', Kirkwood, *Selections*, Lefkowitz, *Victory Ode*, Cingano.
12)　Gildersleeve, ad v. 84 ἀπὸ ... ἐλπίδας，（強調論者）。('The hopes speed to the end; the poet, by lingering, wearies, and not only so, but rouses resentment at the blessings of those whom he praises. *This prepares the return to the praise of Hieron* [...].')

dus を指す二人称において，かくも不明瞭な指示対象転換のパラレルを，人はどれだけ挙げられるであろうかと[13]）。

　祝勝歌において，その被称賛者に対して歌の中で最初に呼びかける[14]）とき，それは原則として，固有名詞を伴った呼格や，強意的人称代名詞を伴うものである[15]）。Bundy がそれぞれを name cap, pronominal cap と，そして両方とも有するものを pronominal name cap と名付けた[16]）ことからも明らかなように，被称賛者への呼びかけは，祝勝歌の中で一つの頂点を形成するものである。その頂点において，かくのごとき指示対象の不明瞭な呼びかけは，まずあり得ないと言って良い[17]）。もし『ピュ

---

　13)　被称賛者への呼びかけの例については，cf. Hubbard, 'Theban Nationalism', 27-28 et n. 19, および安西，『研究』，52-53。

　14)　以下，対象の二人称化と呼格化の総称を「呼びかけ」とする。すなわちそれは，より正確には，以下のいずれかの指示対象となることを指す：①二人称代名詞，②二人称動詞，③名詞呼格，④その代用としての主格。

　15)　Hubbard, 'Theban Nationalism' の定式は「明確に対象を同定する呼格を伴う」（以下の註17参照）であるが，この「明確に」は曖昧である。ほとんどの事例において呼格は固有名を伴う以上，P. 2.57-58 の πρύτανι κύριε や P. 8.33 の ὦ παῖ などは，むしろ例外事象に含めるべきである。また，「伴う」の含む範囲についても注意すべきであろう。原則的には同一文において固有名詞呼格は現れるものである。Hubbard は何の断りも入れていないのだが，例えば O. 5.21-23 では，最初の呼びかけにおいては固有名詞呼格が含まれていない。それは文が変わり，スタンザ区切りを越えて初めて登場するのである。このような事例もまた，むしろ例外事例に近い。現象としては，固有名詞呼格と人称代名詞の同一文内での登場が中心事例として存在し，それに連なる周辺事例として上述の例その他が存在すると考えるべきである。

　16)　Bundy, Studia, 5 n. 18.

　17)　Hubbard と安西のアプローチは全く逆である（'Pindar's second-person statements to the victor or his relatives are characteristically coupled with a vocative address which clearly identifies the subject', Hubbard, 'Theban Nationalism', 27，「挙げたのは，文内に含まれる呼びかけの形［……］などから，勝利者その他への呼びかけあるいは，勝利者の二人称化であることが確実であるもの，あるいは，前後の文脈から，そのようなものだということが確実であると推定されるものだけである」，安西，『研究』，53)。にもかかわらず，両者の挙げる例が，本質的に完全に一致していることこそ，注目に値しよう。被称賛者への呼びかけは常に，誤解のしようのない形でなされるものなのである。以下の点は，単なる不注意もしくは誤字であろう：Hubbard における 'N. 5.43-54'（正しくは 'N. 5.43-49'），安西における 'P. 2.1-8' は削除すべき（これは都市［の神格化］への呼びかけである）。また，前者のリストに 'O. 6.22-25' が現れないのは，「御者」が「勝利者ないし親族」という範疇には入らないからであり，同じく 'N. 7.70-75' は呼格のみで二人称を含まないから，後者のそれに 'N. 8.44-48', 'I. 7.31-36' がないのは，議論の都合上，死者（＝祝宴の場に居ない者）は同列に扱わないからである。なお両者とも挙げる 'I. 5.14-18' においてはむしろ，14-16の部分は格言的表現として不定の二人称ととるほうが適当であろう（cf. O. 5.21-24, さらに des Places, 19-20, および Thummer, Isthmischen, ad loc., Privitera, ad loc.）。ゆえに

第1章 『ピューティア第1歌』85-92行

ーティア第1歌』最終トリアスの二人称が被称賛者であるとするならば，それは強意的人称代名詞を欠き，呼格は最初の二人称動詞から遅れること6行[18]，しかもそれは $φίλος$ という全く限定性のない名詞である。本箇所の二人称を被称賛者ととる限り，それは極めて例外的なものとなる[19]。

対するに歌い手自身の二人称化は，祝勝歌において随所に，そしていかなる符牒もなく，登場し得るものである。例を挙げれば『ネメア第7歌』においては，6者に対して呼びかけが行われる。そのうち，神々・英雄・勝利者・その親族を対象とするものは全て，呼びかけの最初の文において固有名詞呼格を伴う（1行 $Ἐλείθυια$, 50行 $Αἴγινα$, 58行 $Θεαρίων$, 70行 $Σώγενες$, 86行 $Ἡράκλεες$）。対するに歌い手自身への呼びかけたる77行 $ἀναβάλεο$, 81行 $δόνει$ のみが，いかなる指標もなく二人称単数命令法で行われているのである。祝勝歌において「指示対象の不明確な二人称は，原則として歌い手自身を指す」と喝破した Maas の言明[20]は，今もなおその有効性を失っていない。『ピューティア第1歌』においても，81行の $φθέγξαιο$ が突然歌い手を指すことの，パラレルに事欠くことはないのだ。ならば当然のこととして，86行以下も歌い手を指すべきではないのか。

勝利者への呼びかけは17行の $τίν δ'$ をもって始まるとすれば，やはりここでも呼びかけの最初の文において呼格と人称代名詞が現れることになる。

18) この6行は dactylo-epitrite の6行であって，長い。Snell-Maehler における物理的行数としては11行後となる。

19) 全く例が考えられないわけではない：$O.$ 13.43, $P.$ 9.91 (cf. $εὐκλεΐξας$ Hermann), $N.$ 3.76。唯一の例外である可能性もあるだろう。しかしいずれにしても，説明なしに片づけられる事態ではないことは明らかである。なお，実際には上記の例外事象も，本箇所のパラレルとしては採用し難いものと思われる。最も近いのは $N.$ 3 の例であろうが，そこでは $χαῖρε$ という特殊な動詞の果たす役割があまりに大きい。

20) Maas の挙げる，明らかな「二人称命令法＝歌い手」の例は以下の通り：$O.$ 1.18, 7.92, 9.6, 9.11, 9.40 (x2), 9.47, 9.48, 9.109; $P.$ 10.51 (x2); $N.$ 1.13, 3.31, 4.37, 4.69, 5.50 (x2), 5.51, 7.77, 7.81, 10.21, 10.22; $I.$ 5.24, 5.38, 5.39, 5.51, 5.62 (x2), 5.63, 7.20, 8.7。その上で，彼は次のように結論づける：'[...] muß die angeredete Person da, wo der Text keine andere Bestimmung liefert, als die des Dichters verstanden werden. Dieser Imperativ ist offenbar der einzige charakteristische Modus der Selbstaufforderung' (40-41)。同様に Hubbard も言う：'[u]sually, a completely unidentified second-person will be either the poet's self-address or address to the song itself' ('Theban Nationalism', 28 n. 19)。なお，ピンダロスにおける呼格化一般についてはさらに，cf. Kambylis，また二人称代名詞については，cf. des Places, 12-21。

このように確認するとき疑問となるのはむしろ，そもそもなぜ86行以下の二人称を勝利者ととる解釈が可能だったのか，ということである。素朴だったのは「二人称＝歌い手説」ではなく，「勝利者説」のほうではないのか。Farnell は言う。

> ここ［81行 φθέγξαιο］で，誰か二人称で呼びかけられている者がおり，さらにまた85-92行でも呼びかけられる。両者は同一人物であるのが自然であり，すなわちそれは，<u>かの王［ヒエローン］となる。何となれば85-92行は明らかに彼に言及しているからである</u>。しかしながら「時宜を得た言葉を発するなら καιρὸν εἰ φθέγξαιο」等々はまちがいなくピンダロスが自分自身に呼びかけている。何となればこのように自分に向けた物言いは珍しいものではないからである。［……］出だしの一文の言葉は，ヒエローンにあてたものとすると意味を持ちえないのである[21]。

曰く，85-92行は「明らかに」ヒエローンを指し，そしてできることならば81行も彼を指すべきである。しかしながらこの行はヒエローンを指すとすると意味を持ちえず，故に歌い手自身への呼びかけととるべきだと言うのである。この論理がもし今もなお，86行以下の「二人称＝歌い手」説棄却のそれであるとするならば，それは驚くべきことである。そもそも祝勝歌は，合唱団による上演を前提にした機会詩であり，その聴衆に対して，ある任意の箇所の理解のために同じ作品の後の箇所の理解を前提にすることは，できないはずである。ところが，この Farnell の論理こそが，現状における本箇所の二人称の理解の基本線なのである。かつて Slater は，「歌い手自身への呼びかけ Selbstanrede」の同定・分類をする中で，その作業の難しさを嘆きつつ，例として本歌の本箇所を挙げている。

---

21) Farnell, ad v. 81（強調論者）.（'Someone is here [sc. in 81 φθέγξαιο] addressed in the second person, and again ll. 85-92, and it is natural to suppose they are the same person, *namely the king, as ll. 85-92 obviously refer to him*. But καιρὸν εἰ φθέγξαιο, etc., is certainly addressed to Pindar himself, as he not infrequently speaks to himself in this way [...]. The words of the first sentence could have no meaning applied to Hieron [...].'）

第1章 『ピューティア第1歌』85-92行

例えば，『ピューティア第1歌』81-92行では，「時宜を得た言葉を発するなら καιρὸν εἰ φθέγξαιο……（81行）……立派な事々を止めるな μὴ παρίει καλά（86行）」といった出だしの言葉は，歌い手自身への呼びかけ Selbstanrede のように見える。しかしながら続く一連の命令法は最終的に「友よ ὦ φίλε」（92行）へと至るのであり，<u>明らかにデイノメネースにあてたものである</u>[22]。

曰く，確かに86行 μὴ παρίει は，歌い手自身への呼びかけと考えたくなる。しかしながら以下92行まで連続する二人称が，最終的に「明らかに」被称賛者を指している部分で終わっている以上，86行も被称賛者のはずである，と言うのだ。その辿る順序は逆であるものの，Slater の論理もまた結局，Farnell のそれと何ら変わりはない。あるいは Hubbard もまた，本箇所の二人称転換の不明瞭さは極めて例外的なものとなることに気付いていながらも，本箇所の二人称が被称賛者を指すという前提を問い直すことはなかった。

> <u>唯一の例外が</u>，『ピューティア第1歌』81-92行である。そこでは，呼びかけられているのが詩人自身なのかヒエローンなのか，意図的に両義性を残しているように見える。この例は，ピンダロスによく見られる両義的な一人称に類似するものかもしれない[23]。

本箇所の二人称と「不定の一人称」との間の類似性に対する指摘はおそらく慧眼であり，本章でも今一度振り返られることになるであろう。しかしここで問題なのは，なぜ本箇所が「唯一の例外」であることが無批

---

22) Slater, 'Futures', 90（省略原著，強調論者）。('[E].g. in *P*. 1.81-92, the opening statements, καιρὸν εἰ φθέγξαιο … (v. 81) … μὴ παρίει καλά (v. 86), seems to be a Selbstanrede, but the row of imperatives which follow culminates in ὦ φίλε (v. 92) and *clearly refers to Deinomenes*.') この論文は Köhnken, 'Hieron' 以前に書かれたものであり，'Deinomenes' は今ならば 'Hieron' と読み替えるべきであろう（もっとも，その Slater がなぜ *Lexicon* s. vv. νωμάω, ταμίας においてヒエローン説に転じたのかは不明である）。

23) Hubbard, 'Theban Nationalism', 28 n. 19（強調論者）。('*The one exception to the rule* is *P*. 1.81-92, where it seems purposefully to be left ambiguous whether the poet is addressing himself or Hieron; this case may be analogous to Pindar's more frequent use of an ambiguous first-person […].')

判的に前提とされたのかということである[24]。彼にとってもまた，本箇所がヒエローンを指すことは，論ずるまでもなく「明らか」だったようである[25]。

　もはや明らかであろう。『ピューティア第1歌』最終トリアスにおける「二人称＝歌い手」説は，真面目に検討されていない。85-92行が「明らかに」勝利者を指すように見えるが故に，81-86行を見る限り歌い手を指すべきであるというもう一つの「明らかさ」は無視されてきたのである。しかし，後者の「明らかさ」が祝勝歌のパラレルに明確に裏打ちされているのに対して，前者は果たしてどうであろうか。無批判的な思い込みを取り払った上で祝勝歌本文に向かい合い，その伝統様式のパラレルを踏まえつつ本箇所を考察するとき，どこまで本当に「明らか」であり続けることができるのか。あるいはむしろ，本歌最終トリアスの理解は，一新されるべきではないのか。これらの問いを問い直すことが，本章の目的である。

＊

　しかし本歌そのものの考察に入る前にまず，祝勝歌における「歌い手自身の二人称化」について，今一度確認しておくべきであろう。なぜなら，本歌92行において，二人称の対象が ὦ φίλε「友よ」の言葉で呼びかけられることそれ自体が，一見したところそれだけで本箇所の「歌い手説」に対する十分な反論となるように思われるかもしれないからである。だが祝勝歌のパラレルを確認する限り明らかなこととして，この言葉づかいは，本箇所の二人称を歌い手ととることへの，いかなる障害にもならない。

　24）もちろん，『ピューティア第9歌』を論ずる論文において『ピューティア第1歌』の根本的再検討が行われていないことを非難することは，要求過大というべきであろう。しかしそれでも，「再検討の余地があるのかもしれない」といった些かの疑念も呈することがなかったということは，注目に値する。

　25）あるいは先に挙げた安西もまた，勝利者を指すことが「確実」な例の中に本箇所を含めており，そのことに関しては註の中で Kirkwood, *Selections* と Köhnken, 'Hieron' に従うと断るだけである（『研究』，59 n. 23）。しかし前者は詳細な議論を後者に譲っており，後者が議論するのはあくまで「ヒエローンかデイノメネースか」であって，「勝利者か否か」ではない。

第1章 『ピューティア第1歌』85-92行

　先に言及した Slater の分類を借りれば，ピンダロスにおいては 6 種類の Selbstanrede がある[26]。その分布は広く，文字通り「自分自身」への呼びかけと解し得るような，自分の口や心への呼びかけにとどまらず，楽器，ムーサへの呼びかけ，呼格を伴わない単なる命令文，さらには合唱団の構成員への命令を含み，ついには固有名を持つ（おそらくは）合唱団の長への命令までの広がりを持つものとなっている[27]。代表的な例を挙げよう。

　①身体の一部：*O.* 1.3-4 εἰ δ' ἄεθλα γαρύεν / ἔλδεαι, φίλον ἦτορ
　　我が心よ，もし競技を歌いたいとお前が望むのならば

　②楽器：*N.* 4.44 ἐξύφαινε, γλυκεῖα, καὶ τόδ' αὐτίκα, φόρμιγξ
　　すぐにもこの調べを織りなせ，甘い音色の竪琴よ

　③ムーサ：*N.* 6.28-29 εὔθυν' ἐπὶ τοῦτον, ἄγε, Μοῖσα, / οὖρον ἐπέων / εὐκλέα
　　ムーサよ，さあ，名声もたらす言葉の風をこちらに向けよ

　④不特定：*O.* 9.11-12 πτερόεντα δ' ἵει γλυκὺν / Πυθῶνάδ' ὀιστόν
　　ピュートーへと翼ある甘美な矢を放て

　⑤合唱団：*I.* 8.1-4 Κλεάνδρῳ τις ..., ὦ νέοι, ... / ... / ἰὼν ἀνεγειρέτω / κῶμον
　　若者たちよ，……誰かクレアンドロスのために……行って宴を呼

---

26) Slater, 'Futures', 89: '(a) by naming his θυμέ, στόμα, etc. (b) by naming his Muse, his inspiration. (c) by using a simple second person imperative without vocative, or a first [*sic*] person imperative, or χρή. (d) by addressing the chorus. (e) by addressing the chorus leader. (f) by addressing the object praised, e.g. *Paean* 6.129'.
27) Slater の挙げる 6 分類（前註）のうち，(f)は，本箇所の解釈の問題においては不適切であると判断し，以下の例から除外した。代わって，(a)と(b)の中間に位置するものとして，楽器への呼びかけが追加され，結果として分類の数としては 6 で一致していることに注意せよ。なお，これらはいずれも，次の例に見られるような，いわゆる「不定」の二人称ないし「想像上」の二人称と異質であることは，明らかであろう：*N.* 9.34-35 Χρομίῳ κεν ὑπασπίζων ... / ἔκρινας。

び起こせ

⑥固有名：*I.* 2.47 ταῦτα, Νικάσιππ', ἀπόνειμον[28]
　　　　これを分け与えるのだ，ニーカーシッポスよ

　それらの全てを「自分自身への呼びかけ」と呼ぶことは，日本語の語感が許さないだろう。祝勝歌におけるこの一群の二人称は，すなわち一人称単数 ἐγώ が，祝勝歌を歌う主体へと呼びかけるものであり，名付けるならばあくまで「歌い手への呼びかけ」である[29]。そして，その全てが「当の祝勝歌を歌う主体を対象とする」ことを共通点としつつも，一連の広い分布――物理的には同一人物の身体の一部から，歌の観念的な主体としてのムーサや楽器，あるいは不定の対象，固有名を持つ他者に至るまで――を持つことを確認するとき，『ピューティア第１歌』92行の ὦ φίλε をその中に位置づけることに何ら障害のないことは明らかである[30]。祝勝歌における「歌い手の二人称化」とは，かくのごときものなのである。

---

28) あるいは *O.* 6.87-88 ὄτρυνον νῦν ἑταίρους, / Αἰνέα。このアイネアースについてもニーカーシッポスについても，詳しいことは何もわからない（cf. Verdenius, *Commentaries*, Hutchinson, *Lyric*, ad locc.）。

29) これは，安西，『研究』，215-240 において「basis 機能の外化」として考察されるものと重なる部分が大きい。しかし「basis 言語」の概念に対する本研究の評価については，序論第３節，特に註35を見よ。

30) さらに，『ピューティア第１歌』の ὦ φίλε のより近接したパラレルとして，合唱団に向かって「友よ」と呼びかける例も，考えられないわけではない。
P. 11.38-40：

ἦρ', ὦ φίλοι, κατ' ἀμευσίπορον τρίοδον ἐδινάθην,
　ὀρθὰν κέλευθον ἰὼν
　　τὸ πρίν· ἤ μέ τις ἄνεμος ἔξω πλόου
ἔβαλεν, ὡς ὅτ' ἄκατον ἐνναλίαν;

従来一般にこの ὦ φίλοι は被称賛者を指すと解釈されてきたが，それに対して安西，『研究』，116 n. 26 は，二つの論拠（(a)焦点化過程の途上において焦点の人物に呼びかけることは，焦点化という当の目的に反する，(b)歌の進行・構成に関わる呼びかけは，常に合唱団［の「宰領」］から合唱団自身へのものである）をもって反論している（257頁も併せて参照せよ）。また，Kambylis もこれを合唱団への呼びかけと分類する（131, 159）。この主張は基本的に正しいと判断するが，しかしながら公正を期して，検証を十分に経ていないこの箇所（cf. Finglass, ad loc.: 'probably aimed at the Theban audience'）は，あくまで可能的パラレルとして言及するにとどめる。

Ⅱ

85-86：

  ἀλλ' ὅμως, κρέσσον γὰρ οἰκτιρμοῦ φθόνος,
  μὴ παρίει καλά. νώμα δικαίῳ
   πηδαλίῳ στρατόν· ἀψευ-
  δεῖ δὲ πρὸς ἄκμονι χάλκευε γλῶσσαν.

『ピューティア第1歌』85-92行の二人称について，「勝利者説」と「歌い手説」の両者を天秤にかけつつ，祝勝歌のパラレルに照らし合わせながら各箇所を解釈してゆくという，この姿勢をもって改めてテキストに向かうとき，85-86行はむしろ全く逆の印象を与えるであろう。これら三つの文は祝勝歌のパラレルからして「明らかに」歌い手説を支持するものであり，むしろなぜ勝利者説が可能であったのかが訝しまれるほどである。本箇所は明確に，歌い手説に与する箇所である。

 まず μὴ παρίει καλά を考えよう。直前の81-84行にあるのは嫉妬のモチーフを用いた断絶形式のバリエーションである。「多くの端をより合わせ短くまとめて，時宜にふさわしく声を上げるならば，人々からの非難はより少なくなるものである。というのも忌まわしき飽きが，移り気な期待を鈍らせるものであるから。他人の功績を前にして，市民たちが耳にする事々は，密かな心に大いにのしかかる」。偉大な功績に対して人は妬みを抱くものであり，賛美を妨げるものだという，祝勝歌における嫉妬のモチーフ φθόνος-motif の例示に困る研究者はいないであろう。そして確かに「偉大な功績は嫉妬を呼ぶ」という φθόνος のモチーフのもたらす明らかな帰結の一つは，「だから話は短く切り上げよう」という，いわゆる困難のモチーフ Hindernismotiv である。だからこそ断絶形式として使われ得るのであり，ここもまさにその一例に当たるかのように見える。

 しかしここで忘れてはなるまい。φθόνος-motif のもたらす帰結は，それに限らない。もう一つの当然の帰結として十分なパラレルをもって裏

付けられるのは「しかし嫉妬の危険を越えてなお，我々は賛美をしなければならない」なのである。

I. 2.43-45：

μή νυν, ὅτι φθονεραὶ
　　θνατῶν φρένας ἀμφικρέμανται ἐλπίδες,
μήτ' ἀρετάν ποτε σιγάτω πατρῴαν,
μηδὲ τούσδ' ὕμνους·

だから今は，嫉妬に満ちた思惑が人の心にはつきものだからといって，決して父祖の勲を，この称えの歌を，沈黙に置くことのないように

N. 10.19-22：

βραχύ μοι στόμα πάντ' ἀναγή-
　　σασθ', ὅσων 'Αργεῖον ἔχει τέμενος
μοῖραν ἐσλῶν· ἔστι δὲ καὶ κόρος ἀνθρώ-
　　πων βαρὺς ἀντιάσαι·
ἀλλ' ὅμως εὔχορδον ἔγειρε λύραν,
καὶ παλαισμάτων λάβε φροντίδ'· [...]

アルゴスの聖域のもつ良き分け前の，全てを語るには私の口（に与えられた時間）は小さい。また人々の飽きは対処し難いものだ。だがそれでも，弦もよろしき竪琴を目覚めさせよ，そしてレスリング競技に思いを致せ

祝勝歌の伝統的トポスを考慮するとき，『ピューティア第1歌』においても，85行 ἀλλ' ὅμως「しかしそれでも」に続く部分は「さあ偉大な功績を称えて歌え」を意味し，二人称は歌い手を指すと考える解釈は，極めて自然なものとなる。「しかしながらそれでも，憐憫よりは嫉妬のほうが良いのだから，良き事々を（歌うことを）止めるな」。

続く86行の船の比喩[31]について「明らかに」歌い手を指すとするのは，

第 1 章　『ピューティア第 1 歌』85-92 行　　　　　　39

　意外であるだろうか。「船＝ポリス」そして「船長＝為政者」という，アルカイオスに始まり[32]アイスキュロス『テーバイを攻める七人の将軍』に一つの頂点を見る[33]，古典文学における「極めて一般的な」[34]寓意を知っていれば，そして実際ピンダロスにもその明確なパラレルがあることを知っていれば[35]，本箇所はポリスの長たる被称賛者を指すとするのは当然のようにも見えるかもしれない。

　しかしギリシャ文学一般におけるその頻出度に目が眩みさえしなければ，ピンダロスにおいては，この「船＝ポリス」の比喩はむしろ少数であることにすぐ気付くはずである[36]。ピンダロスにおける船の比喩として，数においてはるかに勝るのは「船＝歌」をめぐる比喩なのであり[37]，さらに注目すべきはそのうちでも特に，断絶形式もしくはその類似表現の中で，二人称動詞を伴い，「何を，どのように，歌うか」を問い，命じるものが多々あるということである。

　　N. 3.26-28：

　　　　　θυμέ, τίνα πρὸς ἀλλοδαπάν
　　ἄκραν ἐμὸν πλόον παραμείβεαι;
　　Αἰακῷ σε φαμὶ γένει τε Μοῖσαν φέρειν.

　　　　我が意気よ，お前はいったい何たる見知らぬ岬へと我が航路を
　　　　迷わせたのか。私はお前に断言する，アイアコスとその一族へ
　　　　とムーサを向けるべしと。

---

　31)　ピンダロスにおける船の比喩のパラレルは，Péron によく集められている。本箇所については，特に 104-120 'roi-pilote' の節を参照せよ。
　32)　Cf. Page, 179-197.
　33)　Cf. Hutchinson, *A. Sept.*, ad v. 62-64。一見したところ，*A. Sept.* 1-3 と本箇所とは，措辞に至るまで類似性が高いようにも見えよう。
　34)　Page, 182.
　35)　*P.* 10.71-72 ἐν δ' ἀγαθοῖσι κεῖται / πατρῴαι κεδναὶ πολίων κυβερνάσιες.
　36)　Péron の 'roi-pilote' の節は長いが，大半が文学史的伝統の解説であり，ピンダロスのパラレルとして扱っているのは，本章に登場する *P.* 1 の 2 例を除けば，前註に挙げた *P.* 10.71-72 と，*P.* 4.272-4 のみである。
　37)　E.g. *N.* 5.2-3 ἀλλ' ἐπὶ πάσας ὁλκάδος ἔν τ' ἀκάτῳ, γλυκεῖ' ἀοιδά, / στεῖχ' ἀπ' Αἰγίνας διαγγέλλοισ', *P.* 2.62-63 εὐανθέα δ' ἀναβάσομαι στόλον ἀμφ' ἀρετᾷ / κελαδέων.

P. 10.51-54：

<u>κώπαν σχάσον</u>, ταχὺ δ' <u>ἄγκυραν ἔρεισον</u> χθονί
πρῴραθε, χοιράδος ἄλκαρ πέτρας.
<u>ἐγκωμίων</u> γὰρ ἄωτος ὕμνων
ἐπ' ἄλλοτ' ἄλλον ὧτε μέλισσα θύνει λόγον.

<u>櫂を止めよ</u>，舳先より<u>錨を下ろせ</u>，荒れた礁に対する守りとして。何しろ<u>祝勝の宴の賛歌</u>の華は，まるで蜜蜂のごとく，その時それぞれの言葉へと逸るものであるから。

N. 5.50-51：

εἰ δὲ Θεμίστιον ἵκεις
    ὥστ' ἀείδειν, μηκέτι ῥίγει· <u>δίδοι</u>
<u>φωνάν</u>, ἀνὰ δ' <u>ἱστία τεῖνον</u>
    πρὸς ζυγὸν καρχασίου

もしお前がテミスティオスを称えに来ているのなら，もはや固まることなかれ，<u>声を上げよ</u>，<u>帆桁へと帆をかかげよ</u>

祝勝歌におけるパラレルを考慮するならば，νώμα δικαίῳ πηδαλίῳ στρατόν を為政者の比喩としてではなく，合唱団のそれとして受け止めるのは，かえって当然のことである。「正しい舵をもって，この（合唱の）一団を導け[38]」。歌は正しく歌わなければならない。偉大なる功績は，正しい歌い手を得てこそ初めて人々の間に広まり得るのであるから[39]。

これに続く舌と鍛冶の比喩については，以下のように言って間違いないであろう。前後関係に惑わされてさえいなければ，γλῶσσαν χαλκεύ-

---

38) ピンダロスにおける στρατός が軍隊に限らず，むしろ一般的に各種の「人の集団」を示すほうが多数例であることについては cf. Slater, *Lexicon*, s.v., また特に合唱の一団を指す使用例としては，P. 11.7-8 ἐπίνομον ἡρωΐδων / στρατὸν ὁμαγερέα. さらに「歌い手への呼びかけ」で合唱団を指揮せよと命じられる例としては，O. 6.87 ὄτρυνον νῦν ἑταίρους.

39) Cf. N. 8.40-41 αὔξει δ' ἀρετά, ... / ⟨ἐν⟩ <u>σοφοῖς</u> ἀνδρῶν ἀερθεῖσ' ἐν <u>δικαίοις</u> τε, N. 3.29 ἕπεται δὲ λόγῳ <u>δίκας</u> ἄωτος, 'ἐσλὸν αἰνεῖν'.

εἰν が「歌い出しの準備」の比喩であることは疑いもされなかったであろう，と。γλῶσσα「舌」は確かに政治的文脈でも使われ得るが，歌との連関で使われることのほうがはるかに多い[40]。そして歌の準備として舌と金属の比喩を使うことにも，パラレルがある[41]。

やはり χάλκευε γλῶσσαν もまた，被称賛者より歌い手にこそふさわしい。「嘘いつわりなき金敷でもって，舌を鍛えよ」。直前の船の比喩の含意「正しく歌え」を受けて，舌と鍛冶の比喩では「嘘偽りなく歌え」と歌われているのである。

さらに全体を通して付言するならば，これら一連の命令法を歌い手と取った場合に要求されるパラレルは，「さあ歌え」に類する二人称文の連続的出現であり，それは祝勝歌にいくらでも見出すことができる[42]。だが対するに，これを被称賛者と取ったときのための「被称賛者が既に実行していることを，敢えて忠告してみせることが，一種の賛美となり得る」という例については，事はそう容易ではない[43]。

また内容の面から本箇所を捉え直すならば，ここに81行 φθέξαιο 以下，

---

40) Cf. Slater, *Lexicon*, s.v., 特に歌の適否との関連における使用例としては，*O*. 13. 11-12 ἔχω καλά τε φράσαι, τόλμα τέ μοι / εὐθεῖα γλῶσσαν ὀρνύει λέγειν, *N*. 4.6-8 ῥῆμα δ' ἐργμάτων χρονιώτερον βιοτεύει, / ὅ τι κε σὺν Χαρίτων τύχᾳ / γλῶσσα φρενὸς ἐξέλοι βαθείας.

41) *O*. 6.82-83：
   δόξαν ἔχω τιν' ἐπὶ γλώσσᾳ λιγυρᾶς ἀκόνας,
   ἅ μ' ἐθέλοντα προσέρπει καλλιρόαισι πνοαῖς.
この箇所の解釈をめぐっては，特に δόξαν の語義解釈を中心に議論が尽きぬところである。本書第3章を参照せよ。しかし，今ここでは，この一文が全体として，舌と金属の比喩でもって歌い出しの準備をしている，という基本的文脈を確認すれば十分である。

42) Maas の挙げる用例（本書註20）に限ってみても明らかなように，「歌い手への呼びかけ」となる命令文はしばしば束となって現れる。例えば，『オリュンピア第9歌』においては，「歌え」「歌うな」の表現を中心とする二人称が，冒頭48行の間に9回使用される（6, 11, 14, 36, 40 [x2], 41, 47, 48）。このことについて，Gerber は以下のように述べている：'*O*. 9 contains an unusually large number of self-addresses with imperative or optative [...], although it does not seem that any special significance should be attached to this' (Gerber, *O. 9*, ad v.80).

43) 例えば *O*. 1.114 のような，いわゆる ne plus ultra の命令は，定着した格言であってパラレルとは言い難いであろう。ただし不可能なわけではもちろんない：cf. Braswell, ad *P*. 4.270-276, id., ad *N*. 1.31-32。しかしこれらの例の場合でも，後者の箇所は「不定の一人称」の例であり，解釈において微妙な問題が絡む。また前者は，歌自体が明らかに祝勝歌として特殊であり，唯一のパラレルとするには問題がある。称賛と助言の連関が論じられる Arist. *Rh*. 1367b-1368a にしても，決して同じ表現がそのまま適用できると言っているわけではない：ἃ γὰρ ἐν τῷ συμβουλεύειν ὑπόθοιο ἄν, ταῦτα μετατεθέντα τῇ λέξει ἐγκώμια γίγνεται.

祝勝歌における伝統的トポスを連ねた明確な論の展開を見ることに，困難はないであろう。それは嫉妬と称える必要，そして歌の真実と正義[44]をめぐる展開である。偉大なる功績は嫉妬を呼び，それを称えることを妨げるが，それを越えてなお我々は称えなければならない。称えるべきを称えることがこそが歌の正義なのであり，その歌は嘘偽りなく偉大な功績を伝えるべし，というのである。

以上，85-86行はむしろ「明らかに」歌い手説を支持することが確認された。被称賛者説の「明らかさ」は，未だ登場していない。

＊

87-88：
  εἴ τι καὶ φλαῦρον παραιθύσσει, μέγα τοι φέρεται
  πὰρ σέθεν. πολλῶν ταμίας ἐσσί· πολλοὶ
    μάρτυρες ἀμφοτέροις πιστοί.

次に続く3つの平叙文は，比喩表現が多用されているがゆえにその含意を特定し難く，特に最初の一文は解釈次第でいかようにも姿を変え得る文章となっている。本箇所は，どちらの説をとるにしても，論拠として使用できるような箇所ではない。むしろ，それぞれの解釈に沿った場合に，いかに整合的な説明をつけられるかが焦点となるものである。被称賛者説はここに，政治力と富の強調と，名声への気遣いを見出し，もって εὐεργεσία のモチーフの展開であるとしてきた。対するに歌い手説は，いかなる解釈を示すことになるのか。

解釈の要点となるのは，第一文の μέγα に見える，歌い手の歌の力への自信であり，第二文の πολλῶν ταμίας に見られる，歌の題材の豊富さ，そして第三文の μάρτυρες の示す，歌の真偽に対する後世の判断への気遣いである。

後ろから順に見てゆこう。先行する86行において，歌の真実・虚偽と正・不正が話題となっていることは既に確認したところである。そして

---

44) Cf. Bundy, *Studia*, 60 n. 66, et. s.vv. ἀλάθεια, δίκα.

歌の真偽をめぐって後の世が「証人 μάρτυρες」と呼ばれることについては，『オリュンピア第1歌』28-35行にパラレルがある[45]。そこでは，神々の食人の宴に話題が行きかけたところで，驚くべきことは多々あり，また人の伝えるものは時に嘘で粉飾されて真実を隠すものである（28-32行）けれども，「後の日々が最も賢い証人となる」（33-34行）以上，神々については良き事々のみを口にすべきだ，そのほうが非難が少なかろうから（35行），というのである。賛美の対象を神々から勝利者に変えるだけで，同じ連関を『ピューティア第1歌』にも見出すことができる。後の世が確かな証人となる以上，歌い手は勝利者を正しく称えなければならないのである。「両者[46]には確かな証人が多数いる」。妬みに駆られて悪言を吐き[47]，嘘でもって真実を押し隠すような態度は取ってはならない。やがて時が証人となりそのような者を暴き出すであろう[48]。人は称えるべきを称えなければならないのである[49]。

　対してその前の一文について言えば，ταμίας「司り分配する者」がすなわち歌・宴の司としての歌い手を指すことに明確なパラレルがあり[50]，その含意は明確である。すなわちこれは，歌い手には歌の題材は幾らでもあるという言明[51]であり，対象のあまりの偉大さゆえに称えの言葉に苦労はいらないという，いわゆる容易のモチーフ εὐμηχανία-motif[52]と

---

45) O. 1.33-34 ἁμέραι δ' ἐπίλοιποι / μάρτυρες σοφώτατοι. なお，O. 1.28-35 の基本的理解については，cf. Gerber, O. 1, ad locc.

46) 「両者」の指すものは何か。称賛と妬み，偉大な功績を挙げる者と悪言を吐く者，良き者と悪しき者，味方と敵という，祝勝歌における遍在的対立項を考えれば，この「両者」は男性複数であり，敵と味方ないし良き者と悪しき者あるいは妬む者と妬みを知らぬ者を指すと見なすべきである。Cf. P. 2.76 ἄμαχον κακὸν ἀμφοτέροις διαβολιᾶν ὑποφάτιες（『ピューティア第2歌』72行以下が，「悪言を避け，称えるべきを称えるべし」という，φθόνος と δίκη をめぐる χρέος-motif の論述となっていることについては，本書第4章第4節を参照せよ）。

47) Cf. O. 1.47 φθονερῶν γειτόνων, 53 κακαγόρους.

48) Cf. O. 10.53-55 ὅ τ' ἐξελέγχων μόνος / ἀλάθειαν ἐτήτυμον / Χρόνος.

49) Cf. N. 3.29 ἕπεται δὲ λόγῳ δίκας ἄωτος, 'ἐσλὸν αἰνεῖν'.

50) Cf. I. 6.57-58 ταμίας ... κώμων，またイメージの連関としてはさらに cf. P. 6.8 ὕμνων θησαυρός.

51) 「歌い手への呼びかけ」において，命令文の連続の中に二人称平叙文が理由付けとして挿入される例としては，cf. O. 9.12 οὔτοι χαμαιπετέων λόγων ἐφάψεαι，あるいは N. 3.31-32 ποτίφορον δὲ κόσμον ἔλαχες / γλυκύ τι γαρυέμεν, O. 6.90 ἐσσὶ γὰρ ἄγγελος ὀρθός.

52) Cf. Bundy, Studia, 61-62 et s.v. 'ease'.

なっていると解釈できるのである。「お前は多くの（称えの言葉の）司なのだ」。

さらにその前文「たとえ下らぬ言葉を吐き出す者がいるにしても，お前からの言葉は重い」[53]をもって，自らの力を誇る歌い手というテーマだと解釈するならば，断絶形式におけるこれら一連の言明の連関にもまた，確かなパラレルが見出せる。

例えば『オリュンピア第2歌』83-89行[54]においては，断絶形式の文脈の中で，歌の矢は幾らでもあると $εὐμηχανία$ のモチーフを提示した後に（83-85行），烏と鷲の対比を通じて，騒々しい者どもに対して自らが賢い歌い手であることを誇る言明をなし（86-88行），次いで歌う対象を選びとることを二人称で命じている（89行以下）。すなわちここにあるのは，題材の豊富さと，歌い手自らの力の顕示，そして正しい題材の選択のテーマである。

あるいは『ネメア第4歌』33-46行[55]では，長く歌うことは許されない，時が迫っている，と断絶をいったんは明確にしつつも（33-35行），即座にそれでも困難を越えて称賛を続けよと自らに命じ，嫉妬にまみれた敵への警戒を促した上で（36-37行），自分はそのような敵に負けることはないとし（37-41行），時がやがて明らかにするところへの自信を示す（41-43行）。そして改めて，さあ麗しき歌を歌えと竪琴に呼びかけるのである（44行以下）。そこに見えるのは，嫉妬に根差す悪言への警戒と，自らの力の顕示，そして後の世の判断への気遣いと，正しい歌い出しの要請である。

対するに『ピューティア第1歌』においては，歌い手説に従うならば，本箇所の展開は以下のようになる。すなわち，正しく偽りなく歌い続けなければならない，と述べた後（86行）に，戯れ言を吐く者がいようと

---

53) $παραιθύσσει$ は他動詞ととるべきである（cf. *O.* 10.72-73 $θόρυβον / παραίθυξε μέγαν$）．

54) 本箇所の理解に関しては，cf. Most, '*O. 2*'。内容解釈については議論の多いところであり，特に語義問題として，85-86行の $ἐς δὲ τὸ πᾶν ἑρμανέων / χατίζει$ の解釈をめぐって議論の割れるところ（e.g. Verdenius, '*O. 2*', Lavecchia）であるが，本研究は当該箇所の全体解釈において Most の解釈が正しいと判断する。

55) 本箇所の基本的理解については，cf. Miller, '*N. 4*'。あわせて本書序論10-12頁を参照せよ。

も歌い手の言葉の重みは大きいのだと歌い手の力を誇示し（87行），次いで歌の題材は幾らでもあると εὐμηχανία のモチーフを続け（88行），さらに証人は幾らでもいる，と自らの言明を補強している（88行）のである。そこにあるのは，嫉妬心への警戒，正しい歌の要請，自らの力の顕示，題材の豊富さ，さらに後の世の判断への気遣いという，一連の流れであり，これは祝勝歌の伝統的展開に合致するものとなる。「たとえ下らぬ言葉を吐き出す者がいるにしても，お前の言葉は重い。お前は多くの（称えの言葉の）司なのだ。両者には確かな証人が多数いる」。

　かくして明らかになったのは，81行より二人称単数の指示対象は一貫しているという解釈は，86行のみならず88行にまで拡大してもなお，祝勝歌の伝統的トポスとパラレルによって十分に補強されるということである。88行に至るまでは，「明らかに」歌い手説が有利である。

III

89-90：
>   εὐανθεῖ δ' ἐν ὀργᾷ παρμένων,
>   εἴπερ τι φιλεῖς ἀκοὰν ἀδεῖαν αἰ-
>   　εὶ κλύειν, μὴ κάμνε λίαν δαπάναις·

　祝勝歌に固有の約束事を理解しつつ，祝勝歌そのものに向き合うことを目指す我々にとっては，まさにこの一文こそが「明らかに」勝利者説を支持する箇所である。本箇所を見て，勝利者への強い指示性を感じとることのできない者は，あまりに祝勝歌を知らなさ過ぎるとの誹りを免れないであろう。この二人称を歌い手ととることは，いかにも無理なように見えるほどに，そのあらゆる言葉づかいは勝利者・競技者にこそふさわしい。

　何となれば，ὀργά とはしばしば勝利者の優れた気概を示す語であり[56]，また ἀκοὰν ἀδεῖαν κλύειν は「称えの声を聞く＝祝勝歌に称賛され

[56) E.g. *I.* 2.35, *I.* 1.41.

る」と理解することが自然である。そして何より δαπάνα は，競技者が「競技のための出費」をすることを示す単語である。このことは本箇所以外のピンダロスにおける全用例6例において明確であり，とりわけ「競技のための労苦」πόνος との対比で使用される，祝勝歌のキータームの一つなのである[57]。

そして86行より本箇所に至るまで，二人称単数の指示対象が転換する余地はない。それどころか89-92行は船の比喩を中心とする命令文の連続がそっくり85-86行と対応しており，輪構造を構成している。ゆえに人は，85行以下の二人称単数を芋蔓式に全て勝利者に付し，また本箇所と続く92-94行においても金離れの良さと，死後の名声というテーマが見出せるがゆえに，ここに『イストミア第1歌』の結尾[58]を典型とするような，εὐεργεσία のモチーフを見てきたのである。

しかし逆に見るならば，『ピューティア第1歌』最終トリアスにおける「二人称＝勝利者説」の「明らか」さは，唯一この箇所だけなのである。確かにここに，我々は「勝利者説」の最大の強みを確認する。しかしまた，「歌い手説」の強みも既に見てきたところであり，本箇所以前の箇所において，被称賛者説がいかに無理を強いるものであるかを，確認している。また，勝利者説を支持すると思われてきた86行の船の比喩が為政者にふさわしいとか，92行の ὦ φίλε という呼びかけは歌い手に対してはあり得ないといった前提が，祝勝歌のパラレルに照し合わせるときその有効性をもはや保ちえないということも，確認している。さらに言うならば，εὐεργεσία のモチーフをここに見出すと言っても，πλοῦτος や εὐεργεσία といった明確なキータームが現れているわけではない。あるいは二つの船の比喩にしても勝利者説に従う限り，前者は「船長＝為政者」の比喩でありながら，後者は一個人の歓待性の比喩となっており，必ずしも明確な像を結ぶわけではない。

---

57) Cf. Slater, *Lexicon*, s.v.：πόνος との対比例3例（*O*. 5.15, *I*. 1.42, *I*. 6.10），その他3例（*I*. 5.57 [μόχθος との対比], *I*. 4.29 [競走馬のための「出費」], *P*. 5.106 [「出費」の代償としての勝利の歌]）。特に *I*. 6.10-16行の例は，δαπάνα と ὀργά が併置されるのみならず，労苦と出費のもたらす偉業，最高の名声，死への気遣い，さらには船の比喩といった個々のトポスにおいて，文脈自体は全く異なるものの，『ピューティア第1歌』最終トリアスとの共通性は高いようにも見えよう。

58) *I*. 1.67-68。この箇所における当モチーフついては，cf. Bundy, *Studia*, 84-91。

しからばここで我々に必要な作業はむしろ，逆に本箇所を歌い手説で解釈することがどのくらい無理を強いるものであるのかを確認し，両説の強みと弱みを突き合わせ，その上で初めて決断を下すことではないのか。なるほど本箇所は勝利者説を支持する。しかしそれは，歌い手説を否定できるだけの「明らかさ」なのであろうか。

　実際，本箇所を歌い手と読むことは，どれくらい無理があるのか。祝勝歌の諸例に照らしつつ再考するとき，本箇所が歌い手を指すとするならば，その解釈の要点は，以下の三点になろう。すなわち，第一に，祝勝歌における χρέος のモチーフの広がりの確認とそれに基づく 90 行 δαπάναις の捉え直しであり，第二に，「競技者の様を装う歌い手」のモチーフの理解，そして第三に，「不定の一人称」の諸例と対照しつつ 90 行 ἀκοὰν ἀδεῖαν の意味するところを把握することである。順に見てゆこう。

　祝勝歌の伝統的トポスである χρέος-motif，すなわち「偉大な功績を挙げたものは，称えられなければならない」という「義務」のモチーフにおいて，χρέος/χρή が，時に単なる「……すべし」の抽象的用法以上の，具体的イメージ，すなわち「負債」の意味をより前面に出した，金銭的・債務的表現を含むことは既に Schadewaldt の確認するところである[59]。歌い手の歌う勝利者を称える歌は，時に「賃金報酬」(μισθός, N. 7.63) であり，時に「賠償」(ἄποινα, O. 7.15-16)，また無償の「贈り物」(δόσις, I. 1.45-46) であることもあれば，また「利息」(τόκος, O. 10.9) をつけることもあり，あるいは最高の「利得」(κέρδος, I. 1.51) とみなされる。本歌においても，75-77 行の ἀρέομαι ... μισθόν「私は報酬を得られよう」において既にこのイメージは使用されているのである。この基本的状況を理解するとき，本箇所の δαπάνα「出費」が「勝利者への支払いとしての称えの歌」を意味し得るものであることは，容易に理解できよう。なるほど確かに，ピンダロスにおけるわずか 6 例の用例中には，この単語の比喩的用法は見出せないものの，古典期のパラレル[60]は存在

---

59) Cf. Schadewaldt 277-279, esp. 278 n. 1.「ピンダロスにおける［……］χρέος その他のイメージを，単に『詩的な』転義だと解することは，少なからぬ無理がある」(278)。

60) E. Ba. 893 κοῦφα γὰρ δαπάνα νομίζειν ἰσχὺν τόδ' ἔχειν (cf. I. 1.45-46 κοῦφα δόσις ἀνδρὶ σοφῷ / ... ξυνὸν ὀρθῶσαι καλόν).

する。

　さらに注意すべきこととして，祝勝歌においてはしばしば，歌い手はいかにも自らが競技者であるかのような言葉づかいをするということがある[61]。歌い手は五種競技を戦い抜いたり（N. 7.70-73）相手をねじ伏せたり（N. 4.93-94）戦車を駆る（O. 9.80-81）[62]のみならず，時に花輪を付けて歌い（I. 7.39），富や名声を得んと期待する（P. 3.110-111, O. 1.115-116）。本歌においても44-45行で歌い手は既に槍を投げているのである。祝勝歌上演の場において，最も共有の度合いの高いイメージが，比喩として多用されるということは，けだし当然のことであろう。本箇所が，いかにも競技者にふさわしい言葉づかいでもって，歌い手の様を表現しているという可能性，まさにそれこそが意図されている当の技法であるという可能性の想定自体もまた，何ら無理のあるものではない。

　そして，90行の ἀκοὰν ἀδεῖαν αἰεὶ κλύειν が歌い手を指すとするとき，そのパラレルを求めるならば，以下の例[63]になろう。

　　N. 8.38-39：
　　　　ἐγὼ δ' ἀστοῖς ἁδὼν καὶ χθονὶ γυῖα καλύψαι,
　　　αἰνέων αἰνητά, μομφὰν δ' ἐπισπείρων ἀλιτροῖς.

　　　私としては仲間の市民たちから好意を得て地下に身を隠したいものだ，称えるべきを称え，悪しき者たちには譴責を撒き散らしつつ。

ここに見える類似性は，自分に対する周囲の好意を気にする歌い手という，単にその一点にとどまるものではない。「不定の一人称」[64]の典型例とも言えるこの箇所においても，気にかけられているのは何を，いかに

　61）　Cf. Slater, 'Doubts', 203, Lefkowitz, 'Athlete'.
　62）　また，O. 6.22-25 では御者まで勝利者のそれを借用する。
　63）　以下に論じる『ネメア第8歌』の基本的理解については，cf. Miller, 'N. 8' (38-39行については特に119)。
　64）　一人称単数を使いながら，時に歌い手をも含めたその場にいる者達全員あるいは人一般を指し，時に被称賛者をも指示するという「不定の一人称」については，cf. Young, Three Odes, 58。

歌うべきかということであり，端的には「称えるべきを称え，非難すべきを非難せよ」という「歌の正義」が問題となっている。より大きな文脈として19-39行を見るならば，まず歌い手は，何を歌うべきか逡巡する自分を一人称で競技者に喩えて表し (19行)，その理由として嫉妬 φθόνος の危険性を述べている (20-22行)。続いてアイアースという神話的実例を挙げて (22-32行) 嫉妬に由来する讒言の恐ろしさを強調する (32-34行)。その上で，歌い手は「不定の一人称」を駆使しつつ，かくのごとき嫉妬・讒言は避けるべし，求めるものは人により様々だが，「私」が求めるのは，祝勝の宴に交わりつつ，称えるべきを称えることなのだと，称えの歌の必要性を言明する (35-39行)。すなわち「不定の一人称」は勝利者とイメージを重ね合わせられつつ，実際には歌い手を，そして祝勝の場にいる者皆を指し，賛美の倫理を勧奨しているのである。

祝勝歌において，歌い手と競技者が重ね合わされ，称え称えられる主客の境界を言葉の上では曖昧にしつつも，「称えられるべきを称えるべし」という一点に集中してゆくという例は特異なものではない。『イストミア第7歌』37-42行[65]においては，「不定の一人称」でもって勝利者の，そしてその場にいる者皆の悲しみを表現しつつ，もはや嵐は去ったのだからと，祝勝の宴の必要性を強調し (37-39行)，さらにはまさに勝利者と見紛うばかりの表現で「『私』は花輪をつけて歌おう」という (39行)。そしてこの後にはさらに，神々の反感を買うことのなきよう，日ごと眼前の善を良しとしつつ生きるべしという ἐφημερία の格言を一人称単数で述べた上で (39-42行)，「人は皆，等しく死ぬものなのであるから」(42行) と格言へと導くのである。

かつて Hubbard は，『ピューティア第1歌』最終トリアスにおける二人称の特殊性に注目しつつ，これと「不定の一人称」との関連性を指摘した[66]。もちろん，結局のところ勝利者説を疑うことのない Hubbard が「不定の一人称」との類似性として考えていたのは，一見歌い手を指すように見えながらむしろ被称賛者を指しているという現象である。だがここで考えるべきは，その逆向きの方向性であろう。「不定の一人称」

---

65) 本箇所の基本的理解については，cf. Young, *I*. 7, 25-33。
66) 本章33頁。

は，単に被称賛者を指すためだけのものではない。時として，歌い手を，合唱団を，そしてその場にいる者皆を含めるものであり，そしてしばしば，被称賛者 laudandus を思わせる言葉づかいを敢えて用いつつ，称賛者 laudator としての称えの歌の必要性を述べるものなのである。『ピューティア第1歌』の二人称命令法と「不定の一人称」の類似性は，その点にこそ存する。「もし（宴の）甘い歌声をいつも聞いていたいと願うのならば，栄えもたらす気概を保ちつつ，決して（称えの歌声という）出費[67]に疲れることのないよう」。本箇所における言葉づかいは，むしろ意図的に勝利者に寄せたものとなっていると考えるべきである。

以上のように本箇所を解釈するとき，それはどれほど「苦しい」ものであるだろうか。必要なことは単に，被称賛者を思わせる措辞を用いつつ称賛者を指すという技法を認めることであり，「不定の一人称」と歌い手の二人称との関連に目を向けることなのである。確かに言葉づかいは明らかに勝利者を示唆するものであり，文脈抜きに本箇所を歌い手と解するならば，それは単なる曲解である。しかし一方で明確な輪構造と一貫する論の展開という文脈があり，他方に祝勝歌における諸パラレルを想起するとき，ここに「歌い手としてしかるべき称えの歌を歌うべし」の言明を見出すことに，どれほどの困難があろうか。あるいは仮にそれを困難と呼ぶとしても，これが本箇所に至るまでの二人称単数を全て勝利者と解することのもたらす困難よりも小さいことは，もはや明らかである。『ピューティア第1歌』最終部の二人称単数を，歌い手として読むことの最大の難点は，かくして乗り越えられる。

*

91-94：
  ἐξίει δ' ὥσπερ κυβερνάτας ἀνήρ
  ἱστίον ἀνεμόεν. μὴ δολωθῇς,
   ὦ φίλε, κέρδεσιν ἐντραπέ-
  λοις· ὀπιθόμβροτον αὔχημα δόξας

---

[67] δαπάνα という単語は，宴の縁語でもあるのかもしれない：Hes. *Op.* 722-723 μηδὲ πολυξείνου δαιτὸς δυσπέμφελος εἶναι· / ἐκ κοινοῦ πλείστη τε χάρις δαπάνη τ' ὀλιγίστη.

οἷον ἀποιχομένων ἀνδρῶν δίαιταν μανύει
καὶ λογίοις καὶ ἀοιδοῖς.

　既に，最大の難関は乗り越えられている。本箇所に示されるテーマは，いずれも既に現れたものを受け直すものであり，解釈上の難点は特に存在しない。「舵取りの座の者のごとく，風に帆を広げよ。友なる者よ，偽りの利得に欺かれることのないように」[68]。唯一，死後の名声だけが，語り手たち，歌い手たちの力により，亡き人の人となりを伝えるものなのであるから」。

　91-92行の船の比喩が86行のそれと対応して輪構造を構成し，先で「正しく歌え」と言われたものが，ここでは「惜しみなく歌え」[69]と言われていること，また，金銭にまつわる損得勘定の比喩でもって正しい歌の必要性[70]を表現することが，90行のδαπάναιςを受け直していること，さらには，先に確認した86行における鍛冶の比喩と，88行における証人のモチーフに一貫して見える「歌の正しさ」というテーマが，本箇所の92行ὀπιθόμβροτονまで一貫すること，これらのことを見てとるのに，

---

68)　『ピューティア第1歌』最終トリアスは，正書法以上のテキスト問題をほとんど持たないが，92行は例外である。πετάσαιςの削除は当然としても，韻律問題（ピンダロスのdactylo-epitriteにおいてlink anceps (D-D) のresolutionは認め難い：pace Kirkwood, Selections, Cingano, ad loc.）と，写本上の異読の問題（ἐντραπέλοις / εὐτραπέλοιςのどちらが適切な単語か）が絡んでおり，Snell-Maehlerの読みも異議なしとは言えないものとなっている。しかしながら問題の解決は，基本的には単語選択とmetri gratiaな修正とにかかっており，文脈の解釈自体を変えるものではない。本研究としては，Braswell, P. 4, ad v. 105に従って，Büchelerの修正読みεὐτράπλοιςのほうが良いと判断する。さらにcf. Gerber, Emendations, ad loc.

69)　人は一般にここでI. 2.39-40行（οὐδέ ποτε ξενίαν / οὖρος ἐμπνεύσαις ὑπέστειλ' ἱστίον ἀμφὶ τράπεζαν）をパラレルに引いて「歓待性」のモチーフを強調してきたが，なぜかもう一つの，N. 5.50-51（本章40頁）という，「歌い手への呼びかけ」として「さあ惜しみなく歌え」を指す明確なパラレルには言及したがらない。

70)　損得勘定の表現による，歌における讒言と真実の対比については，さらにcf. O. 1. 53 ἀκέρδεια λέλογχεν θαμινὰ κακαγόρους, P. 2.76-78 ἄμαχον κακὸν ἀμφοτέροις διαβολιᾶν ὑποφάτιες, / ὀργαῖς ἀτενὲς ἀλωπέκων ἴκελοι. / κέρδει δὲ τί μάλα τοῦτο κερδαλέον τελέθει; また一般に，利得によって正しい判断が狂わされるものであるという考え方については，P. 3.54 ἀλλὰ κέρδει καὶ σοφία δέδεται. 讒言・嘘が人を騙すことについては，e.g. N. 8.33 δολοφραδής, κακοποιὸν ὄνειδος, P. 4.105 ἔπος ἐκτράπελον（99 ἐχθίστοισι [...] ψεύδεσιν）。また，議論の多いI. 2冒頭部についても，そこに見られる金銭表現は一貫して称賛の責務を表すものと解すべきである：小池，「利得」を見よ。

もはや困難はないであろう。本箇所は，嫉妬と讒言，歌の虚偽と真実とその証人という，本箇所に至るまでの一貫したテーマを受けている。そして以下に続く最終トリアスの残りの部分に目を向ければ，そこでは人の死後の歌の力と正しさを示す実例としてクロイソスとパラリスが対比され，最終的に99-100行で「勝利を収めることは最初の賞品だ。良き名声を得るのはそれに続く分け前。両方を手に入れるならば，その人は最高の栄冠を得たことになる」と格言をもって結ばれているのである。

　この解釈に従うならば，今まで見てきた81行以下最終トリアスは全体として，嫉妬と讒言，歌の虚偽と真実のテーマを含みつつ，結局のところ一言で言うならば，「さあ宴の歌を歌え」を表すものとなろう。そして祝勝歌の結尾部分におけるこのテーマの現れもまた，パラレルは多い。祝勝歌末尾における一つの典型的モチーフとして合唱団への指示があることは，既にSchadewaldtの指摘するところである[71]。あるいはまた，このテーマが数行以上の大きな部分を占める例としては，『ネメア第9歌』48-55行に見られる「さあ宴を進めよ」が，パラレルとなろう。

　さらに『ピューティア第1歌』全体の中での最終トリアスの位置づけを考慮するならば，歌の結尾を飾る格言に端的にその答えが示されていると言えよう。しばしば指摘されるように，本歌は明快な対比軸に沿って進んでいる。それは第一に，リフレインのごとく繰り返される「ゼウスに好まれる者＝歌に囲まれる者」と「ゼウスに疎まれし者＝宴から排除される者」の対比である。5-13行の鷲とオリュンポスの神々に対して14-28行のテューポース，61-70行のアイトナー市民に対する71-80行のカルターゴー人・エトルーリア人，そして最終トリアスにおけるクロイソスに対するパラリスである。この，歌に囲まれる者・宴の中にある者に対するそこから排除される者という対比は，当然最終トリアスにおいても重要な一テーマであるわけであるが，ここでむしろ重要なのは，本歌におけるもう一つの対比軸，「今なされた偉業」と「後の世の名声」の対比である。

---

71) Schadewaldt, 296 n. 1。そこでは，典型例として N. 2.25, N. 5.53, I. 5.62, 特異な発展例として O. 6.88, また関連事例として，N. 3.77, N. 8.46, I.2.47, Bacch. 3.96ff. が挙げられている。また近年では，Rutherford, 'Odes', 46-50 において，祝勝歌結尾句の典型例として，やや違った角度から，これら諸例の分類が試みられている。

第1章 『ピューティア第1歌』85-92行

すなわち99行の πρῶτον と δευτέρα の対比が，価値的なものではなく時間的なものであることは，祝勝歌におけるパラレルからも[72]，また本歌の文脈においても，明らかである。本歌33-38行[73]において，船乗りの比喩によって表された「最初の順風」が「最後における無事な帰還」を期待させるとの格言は，新都市アイトナーに当てはめられ，「今の僥倖」と「続く宴と名声」の対比に転化される。偉大な功績とそれに続く名声というこの時間的対比こそが，本歌のもう一つの対比軸として，ここに明示されているのである。そしてこれに続く第3，第4トリアスで勝利者ヒエローンの偉大な功績が歌われた。では最終第5トリアスで歌われるものとして適切なのは，ヒエローンの内面的な偉大さの称賛であろうか，あるいは，「後の世の名声の始まりとして，さあ歌え」という，宴と称賛の必要性の強調であろうか。全体解釈の整合性の点でも，「歌い手説」はより確からしいものとなる。

このように確認するとき，『ピューティア第1歌』最終トリアスに展開される一連のテーマは，Bundy が最初に論じた歌の中に，凝縮された形でほとんどその全てが現れていることに驚かされる[74]。

O. 11.4-10：

εἰ δὲ σὺν πόνῳ τις εὖ πράσσοι, μελιγάρυες ὕμνοι

5 ὑστέρων ἀρχὰ λόγων

τέλλεται καὶ πιστὸν ὅρκιον μεγάλαις ἀρεταῖς·

ἀφθόνητος δ' αἶνος Ὀλυμπιονίκαις

οὗτος ἄγκειται. τὰ μὲν ἀμετέρα

---

72)　Cf. Race, *Style*, 194, そこに挙げられる例は以下の通り：*P.* 1.99-100, *N.* 9.46-47, *O.* 5.24, *I.* 6.11-12, *I.* 5.13, '[i]n all five cases these two elements [sc. double crown of deeds and fame] occur in the order of nature (cf. πρῶτον ... δευτέρα at *Pyth.* 1.99)'.

73)　この箇所は，アイトナー山の描写が終わり勝利者が導入された直後に位置する。Hamilton, 74-75の分析によれば本歌は形式的に見て極めて特異な歌であるとのことだが，大枠を考えるならば，Burton, 98の言うように，冒頭のテューポースとアイトナー山のくだりが，本来ならば歌の中心に来るはずの「神話部分」に当たると考えるのが適当であろう。とすれば33-38行は，まさに「神話後」の部分の筆頭に位置するものとなり，本歌の最終部に至るまでの枠組を提示するに最適の位置ともなる。

74)　Bundy, *Studia*, 1-33, 引用箇所については特に12-20。

<u>γλῶσσα ποιμαίνειν ἐθέλει,</u>
10　<u>ἐκ θεοῦ</u> δ' ἀνὴρ <u>σοφαῖς</u> ἀνθεῖ <u>πραπίδεσσιν</u> ὁμοίως.

　　誰か人が労苦をもって成功を収めたときには，蜜の響きの<u>賛歌</u>が後の名声の始まりとなり，また偉大なる勲の確かな証となるのである。オリュンピア競技の勝利者には，<u>惜しむことなき称賛</u>が捧げられるものであり，我が舌はその（称賛の）牧者とならんとしている。だが人は神の助けによりまた同様に，<u>賢い思慮</u>を花開かせるものなのだ。

ここには，賛歌が偉大な功績に対する後の世の名声の開始点だという考え方（4-6行），証の比喩による歌の正しさの強調（6行），さらに歌の潤沢のモチーフ[75]（7-9行），さらに正しい歌への気遣い[76]（10行）が見出される。これら全てが，『ピューティア第1歌』最終トリアスに見出されるものであり，これに船，金属，債務といった若干の比喩を加えさえすれば，その全てになると言っても良いであろう。『オリュンピア第11歌』において当の箇所はクレッシェンドとして勝利者の直接賛美を導き出した。対するに『ピューティア第1歌』最終トリアスは，デクレッシェンドとして勝利者直接賛美の後を受けて歌を結ぶ。「歌い手説」の解釈に従うならば，本歌最終トリアスは，かようにも祝勝歌の伝統に則ったものとなる。

75）7行の ἀφθόνητος が「嫉妬」のモチーフから転じて「潤沢」を示すものであり，この箇所が εὐμηχανία-motif となっていることについては，cf. Bundy, *Studia*, 14-15，さらに cf. Race, 'O. 11', 72-82。なお，φθόνος のテーマの広がりについては，Slater, 'Futures', 94 n. 2 に示される見取り図が簡潔にして明瞭である。

76）10行の格言の解釈をめぐっては，とりわけ ὁμοίως が何と何を対比させているのかという論点を中心に，なお議論の多いところである（cf. Bundy, *Studia*, 12-19, Kirkwood, *Selections*, Verdenius, *Commentaries*, Willcock, ad loc., Race, 'O. 11'）が，いずれの説をとるにせよ，前後の文脈および ἐκ θεοῦ や σοφαῖς πραπίδεσσιν に明らかなように，本箇所が歌の正しい（ないし賢い・良い）歌い方をめぐる言明であることは，間違いない。

IV

　本章の結論は，かくのごときものである。すなわち，『ピューティア第1歌』最終トリアスにおける二人称単数は，81行 φθέγξαιο より一貫して同一であり，それは祝勝歌における独特の二人称表現としての「歌い手への呼びかけ」と解すべきである。この解釈を阻む最大の難点は，89-90行がはっきりと競技者を示唆する言葉づかいで語られるところにあるが，これはむしろ意図的に勝利者に重ね合わせつつ歌い手の様を歌う技法と解すべきである。むしろ，本箇所の二人称を勝利者と取った場合に生ずる難点——とりわけ，二人称転換の特異的不明瞭さと，85-86行が明確に歌い手を指す言葉づかいとなっていること——のほうが大きいのである。そして最終トリアス全体を歌い称える者への命令ととることで得られる全体像は，祝勝歌の伝統的トポスの連関の中に位置づけられるものであり，さらに本歌の全体解釈の中でも，「今の功績」と「後の名声の始まりとしての歌・宴」という対比を鮮明にするものとして，より蓋然性が高いものとなる。

　この理解の妨げとなっていたのは，第一に，本箇所の二人称が「明らかに」勝利者を指すように見えるというその「明らかさ」が，真面目に問い直されなかったことにあり，第二に，祝勝歌における二人称の諸例を参照することなく，本歌で最終的に ὦ φίλε と呼びかけられる相手が歌い手ではあり得ないと決めつけた無批判的直感にある。特に後者について言えば，祝勝歌における一人称が大いに論じられる中，二人称の広がりの特徴について，必ずしも十分に議論されているとは言い難い。だが一人称の理解のためには，二人称の理解が当然関わってくるものである。そして祝勝歌において，ある一群の二人称は「祝勝歌を歌う主体」を指示して，歌い手自身から合唱団の構成員，時に特定個人たる合唱団の長，さらには広くその場にいる者皆あるいは人一般を指すものとなり，「さあ歌え」の命令を基本としつつ様々なバリエーションを含む。そしてそれは時に「不定の一人称」と類比的な形で，被称賛者との境界を曖昧にするが如き言葉づかいを示すのである。あくまで『ピューティア第

１歌』最終トリアスの解明を目標とした本章ではあるが，同時に，かくのごとき「祝勝の二人称」とでも名付け得るものの来るべき理解へと向けて[77]，一パラレルの提供となることもまた，期待されるものである。

　しかしそもそも本箇所は，既に解決済みと思われていた問題であり，その中で，直感的には最初に検討されるべきでありながら，およそ真面目に考察された様子の見えない選択肢を，再検討したものである。そしてこの一見したところ極めて小さな問題の考察は，ピンダロス祝勝歌全体の理解との相互関係の中で行われなければならなかったのである。ピンダロス祝勝歌の中で，このような再検討を要する問題は，少なくないのではないか。

---

[77] 既に見たように，この二人称は「不定の一人称」との関連で論じられるべきだと考えられる。よって，できることならば相似的に「不定の二人称」と名付けたいところであるが，残念ながらこの言葉は，文法的概念として別のものを表してしまう。

第 2 章

『ピューティア第 9 歌』79-80 行[1]

I

P. 9.79-81：

   ἔγνον ποτὲ καὶ Ἰόλαον
80 οὐκ ἀτιμάσαντά νιν ἑπτάπυλοι
  Θῆβαι· τόν, Εὐρυσθῆος ἐπεὶ κεφαλάν
  ἔπραθε φασγάνου ἀκμᾷ, […]

　『ピューティア第 9 歌』80 行，代名詞の νιν について，その指示対象は何であるのか。あるいは直前の文の主語 καιρός を指すと解釈すべきなのか，あるいは76-79行の格言群を挿入部分と解釈し，遡ってそれ以前に言及されるテレシクラテース，すなわち本歌の称えんとする勝利者と，解釈すべきなのか。この問題は，未だ決着を見たとは言いがたい。それどころか，代名詞の指示対象の特定という，一見したところ極めて小さな問題でありながら，同時に，現在のピンダロス研究の論戦を典型的に表しているとも言える，そのような問題の一つとなっている。

　この箇所について，問題点を明確に整理したのは，Burton である[2]。その後には，各々の論者たちが，Burton の提示した論点に対して，補強ないし反駁を試みることで議論は進行してきた，と言っても過言ではない。その基本的な論点とは，以下の通りである。

---

 1) 本章は，小池，「時宜」に大幅な加筆を施したものである。
 2) Burton, 36-59, esp. 48-49。ただし彼が多くを Schroeder, *Pythien*, 85-86に負っていたことは，言及しておく必要がある。なお議論の状況については，Carey, *Five Odes,* ad loc., Gianni, ad loc., Hummel, § 244 を参照せよ。

代名詞 νιν が直前の文の καιρός を指すとする考えは，語法上は最も自然な解釈である。「その昔イオラーオスもまた，時宜を尊重したのである」。さらにこの文の ποτὲ καί という言葉づかいも，直前の格言に対する神話上の実例を導入するものとして，この解釈を強く支持するように見える。しかしながら問題なのは，この文によって導入されるテーバイ神話において，いかなる意味においても，直前の格言と結びつき得るものが存在しないことである。話は，エウリュステウス成敗からイオラーオスの埋葬，さらにアンピトリュオーンの墓所，そしてアルクメーネーの出産から，ヘーラクレースならびにイーピクレースの称賛へと移ってゆくが，その中に，καιρός の格言に呼応するようなものは存在しない。説明をつけるためには，スコリアに従って言外の神話的背景を想定し，イオラーオスが時機を得てエウリュステウス成敗をした[3]，といった結びつきを考えることになる。しかしこの見方は，テキスト上の補強を欠くうえに，καιρός の語義の面からも難点を残す。格言の καιρός が表しているのは，時間的な意味での「時機」ではなく，あくまでも物事の多寡についての「適宜」なのである[4]。

対するに，指示対象は本歌に歌われる勝利者テレシクラテースであるとする説は，代名詞の指示対象を得るために数行を遡るという点[5]において，また ποτὲ καί の語感[6]において，大きな難点を背負う反面，文脈の理解において，祝勝歌のパラレルに裏付けされた明快な解釈を提示す

---

[3] Σ 137a-c et 138 (Σ 137b: ὁ δὲ νοῦς· ἐγνώρισαν δέ ποτε καὶ αἱ ἑπτάπυλοι Θῆβαι τὸν Ἰόλαον οὐκ ἀτιμάσαντα τὴν τῶν πραγμάτων εὐκαιρίαν. οἱονεὶ καταχρησάμενον τῇ εὐκαιρίᾳ. Σ 138: αὐτόν. τίνα; τὸν καιρόν. εἰς γὰρ δέον καὶ ἐν καιρῷ τοῖς πράγμασι κατεχρήσατο συνταχθεὶς τοῖς περὶ τὸν Ὕλλον καὶ τὴν κεφαλὴν τοῦ Εὐρυσθέως ἀποκόψας).

[4] καιρός の2義については，あわせて Barrett, ad E. Hipp. 386-387, さらに Wilson, 'KAIROS', 180-187 を参照せよ。

[5] これは文脈の評価にかかわる問題であって，パラレルを必要とするような事項ではないと判断する (pace Instone ad loc.) が，Burton は P. 1.37 を挙げている（さらに挙げられている P. 8.16 については，解釈上の問題があるため，パラレルとするのは避けるべきだろう）。

[6] Burton, 49 が強調するとおり，この種の文脈における ποτὲ καί の用法としてはるかに頻度が高いのは，神話的な実例の導入である。テレシクラテース説を擁護する Burton は，そうではない例として，ピンダロス48例中に4例（P. 3.74, N. 9.52, N. 10.25, I. 8.65）を指摘し得たが，その事実は，テレシクラテース説が不可能でないことを示唆するものではあっても，その蓋然性を高めるものでは全くない。

る。ここで導入される概念は，祝勝歌に広く見られる「勝利の列挙」のモチーフ[7]である。「イオラーオスもまた，テレシクラテースに名誉を授けた」。この言葉は，テーバイの競技祭におけるテレシクラテースの勝利を表すものであり，続くテーバイ神話部は，勝利の地への言及に端を発した脱線である。さらに，問題となる箇所の直前，76-79行の格言群を，一言で「歌うべきことは多いが，手短に歌うべし」と要約するならば，同種の発言から勝利の列挙へと入ってゆく論法として，『イストミア第6歌』58行以下[8]という，明確なパラレルをもつことになる。

以上が，Burton の提示した論点である。そしてその論は，この問題に関するその後の議論の方向性を決定づけたと言って良いであろう。今や問題は，Burton によって示された2つの方向性，すなわち，νιν および ποτὲ καί の語感を重視するのか，類例に立脚した全体理解を重視するのかという，その取捨にまで還元されつつある。

しかしながら，よりつぶさにその議論を追ってゆくならば，その背後にあるものも見えてくるであろう。片や，テレシクラテース説は，全体解釈のためのパラレルを提示しており，さらに困難となる点を説明する論拠を提示している。Köhnken は1985年の時点で，καιρός 説について「今となっては棄却された」[9]説とまで言い切ってしまっているが，それは故なきことではない。果たして Burton 以降の καιρός 説は，どれだけ実のある議論ができているか。

Kirkwood[10] は，両説を吟味しつつ，καιρός 説を「普通はこちらだ more usual」と評価するが，その言葉づかいは明らかにミスリーディングである。καιρός 説の「困難はただ一つ」であると続けるわけだが，テレシクラテース説について挙げる難点も二つに過ぎず，それも既に Burton によって吟味された2点であって[11]，困難はあるものの，説明の可能性は既にその Burton によって提示されている。対するに「ただ一つ」というその難点，すなわち，テーバイ神話部を本歌全体の流れの

---

7) Victory catalogue については，Gerber, O. 9, 71-78 によく類例が集められている。
8) I. 6.58-59 τὸν Ἀργείων τρόπον / εἰρήσεταί που κἂν βραχίστοις.
9) Köhnken, 'Meilichos Orga', 110 n. 93.
10) Kirkwood, Selections, ad loc.
11) 指示代名詞はより近いほうを指すのが自然である，ποτὲ καί は神話的過去を導くべきである。

中にいかに位置づけるかというその点について，Kirkwood は説明を放棄し，「構造的な散漫さ」を認めることになるのである[12]。説明可能な2点と，説明不可能な1点を天秤にかけたとき，なぜ後者のほうが軽いと判断することになったのか[13]。

新しい論拠を提示しているのは，Instone である[14]。テレシクラテース説を否定する3つの論拠のうち，最初の2点は，前述 Burton のそれの繰り返しであるが，第3点目として，新たな論点を導入している。すなわち，本箇所は勝利の列挙とは考えられない，なぜならば，先に言及されるピューティアの勝利は，勝利の列挙の第1項としてではなく，あくまでも祖国が勝利者を喜んで迎え入れる理由として述べられているというのである。

ここには勝利の列挙に対する，明らかな認識不足が見られる。何となれば本歌73行におけるピューティアへの言及「その地で勝利を挙げて彼は，キュレーネーを輝かしめたのである」の言葉づかいは，勝利の列挙の第1項として，十分なものである。例えば，『ネメア第10歌』を例に挙げることができよう。

N. 10.22-28 :

   ἀγών τοι χάλκεος
δᾶμον ὀτρύνει ποτὶ βουθυσίαν Ἥ-
   ρας ἀέθλων τε κρίσιν·
Οὐλία παῖς ἔνθα νικάσαις δὶς ἔ-
   σχεν Θεαῖος εὐφόρων λάθαν πόνων.

25   ἐκράτησε δὲ καί ποθ' Ἑλλα-

---

12) Kirkwood, *Selections*, 216.

13) 同じ Kirkwood は，わずか1年前の論文の中では Burton の解釈を 'the right line of interpretation was [...] worked out convincingly by Burton' (Kirkwood, 'Voice', 18) と言っていた。

14) Instone, ad loc. なおここで，Burton 以降のその他の καιρός 論者を確認すれば，Hummel, § 244 は，この書の通例に従って両説を簡潔に紹介しつつも，この箇所でははっきりと καιρός 説を擁護する。しかしその判断の理由は示されない。Libermann, ad loc. は，何の根拠も示さず断定しており，言及に値しない。

να στρατὸν Πυθῶνι, τύχᾳ τε μολών
καὶ τὸν Ἰσθμοῖ καὶ Νεμέᾳ στέφανον, Μοί-
σαισί τ' ἔδωκ' ἀρόσαι,
τρὶς μὲν ἐν πόντοιο πύλαισι λαχών,
τρὶς δὲ καὶ σεμνοῖς δαπέδοις ἐν Ἀδραστείῳ νόμῳ.

（アルゴスの）青銅の（賞品の）競技会が急き立てるのだ，ヘーラー神のための牛の供犠に，そして競技の決着に。その地で2度勝利を挙げて，ウーリアースの息子テアイオスは苦労によく耐え抜きそこからの忘却を得たのである。また，かつてはピュートーの地でギリシャの人々を打ち負かし，またイストモスとネメアで幸運とともに歩んで栄冠を勝ち取り，ムーサ神に歌の耕作を促した——大海の門で3度，アドラストスの定めによる厳かな神域でまた3度と。

アルゴス，ピューティア，イストミア，ネメアと勝利が列挙されてゆくが，もしInstoneの考え方に従うなら，「その地で2度勝利を挙げて，ウーリアースの子テアイオスは苦労によく耐え抜きそこからの忘却を得たのである」は，勝利の列挙の第1項ではなく，勝利者が苦労から解放されたことを述べるものとなってしまうであろう[15]。あるいは『イストミア第1歌』52行以下にて列挙される，イストミア，テーバイ，オルコメノスその他の勝利が，表現上の形としてはあくまでも土地の神への感謝の必要性を述べるにとどまっていることを指摘しても良い。

しかしそのこと以上に非難されるべきは，全体解釈に対するInstoneの態度である。καιρός説をとるとき最大の問題となる，テーバイ神話部の導入の脈絡について，何らかの見通しは提示されたのか。答は否である。単にκαιρόςの2義には目をつぶって旧説を繰り返すのみ[16]であり，さらに第4トリアス全体については，「テーマからテーマへと飛び回る」[17]と評価が下されることになる。

---

15) ここで通りがかりに，25行における καὶ ποθ(ε) の言葉づかいにも注意を促して良いかもしれない。

16) Instone ad *P*. 9.79-80.

本箇所のおかれる第 4 トリアスは，常にその脈絡のなさを指摘されてきた部分である。Gildersleeve の言葉を借りれば，

> この歌は，個々のディテールは美しいものの，歌の全体図の点で，そして歌の流れの点で，注釈者たちを悩ませてきた[18]

と言うのである。テレシクラテース説がもたらした最大の貢献は，ここに勝利の列挙を認めることにより，本箇所直後のテーバイ神話部に，「勝利の地への言及に端を発した展開」という，明確な脈絡を見出したことにある。それに対して καιρός 説は，いかなる対案も示せていない。καιρός 説は過去のものとなりつつあり，少なくとも，ピンダロスが何らかの脈絡のある歌をつくる詩人であると認める限り，結論は出ているように見える[19]。

以上のように確認する時，本箇所にはもはや，議論の余地は残されていないように見えるかもしれない。あるのは，立場表明だけである，と。結局のところ，Bundy 的な解釈を認めるか否かの水掛け論の場となっているのである。Bundy は，本箇所に勝利の列挙のモチーフを見る解釈を明確に示した[20]。対するに，それを否定する Instone の言葉づかいは示唆的である。すなわち，先に挙げた理由でモチーフの存在を否定したうえで，この解釈は Bundy 的な観点で祝勝歌を理解しようとすることの危険性を明らかにしている，と短絡する[21]。どのようにして危険性が明らかとなったのか，全く示されてはいない。

本研究は少なくとも，Bundy 的な祝勝歌理解を当然の前提と認めるものである。ならば結論は出ているも同然ではないか。残念ながら，そうとは言い難い。立場表明の応酬から一歩身を引き，ここで改めてギリシャ語本文に向き合うならば，そして，歌の脈絡を丁寧に辿りつつ，論

---

17) Instone, 118: 'it jumps from theme to theme'.

18) Gildersleeve, 337: '[t]he ode, beautiful in details, has perplexed commentators both as to its plan and as to its drift.'.

19) Cf. Carey, *Five Odes*, 94: 'decision will be based essentially on one's view of Pindar as an artist'.

20) Bundy, *Studia*, 17-18.

21) Instone, 134.

争の陰に見落とされている点がないかを確認するならば，そこには新たな問題と，解決の方向性が見出されることであろう。何となれば，本歌の文脈を再確認するとき，テレシクラテース説もまた，その強みであるはずの全体解釈の面において，難点なしとは言えないことが明らかとなるからである。

II

　本箇所を「イオラーオスが，テレシクラテースに勝利を授けた」の意であるとして，ここに勝利の列挙の第2項をみる解釈をとるとき，そこには小さからぬ困難が生じる。些細な点を置いておくとしても[22]，とりわけ注目すべきは，まさしく前後の脈絡，すなわち，本箇所と前後の部分との連結性の問題である。

　まず第一に，この νιν がテレシクラテースを指すとするならば，76-79行の格言群は，完全な挿入句となる。その孤立の度合いは，ピンダロスにおける他の挿入的格言群と比べて少々高過ぎる感が否めないが，その点についてはこの際，問わない。問題なのは，79-80行を71-75行に直結させた時，それは本当に連結していると言えるのか，という点である。

71-75：
　　καί νυν ἐν Πυθῶνί νιν ἀγαθέᾳ Καρνειάδα
　　υἱὸς εὐθαλεῖ συνέμειξε τύχᾳ·
　　ἔνθα νικάσαις ἀνέφανε Κυράναν,
　　　ἅ νιν εὔφρων δέξεται
　　καλλιγύναικι πάτρᾳ
75　δόξαν ἱμερτὰν ἀγαγόντ' ἀπὸ Δελφῶν.

---

22) パラレルとされる I. 6.58 以下は，必ずしも P. 9.76 以下と構造を一にしていない。前者においては，「短く歌うべし」の言葉が，まさに 'introductory formula' (Carey, *Five Odes*, 88) として，勝利の列挙を導入しているが，後者においては，既にピューティアの勝利が言及された後に，挿入的に格言として述べられていることになる。さらに，「短く歌うべし」と言われた直後の項目から，即座に長い脱線に入ることになる点においても，若干の疑念を残す。

そして今もまたピュートーの地でカルネイアダースの息子が，このキュレーネーをはなやぐ幸運にまみえさせた。その地で勝利を挙げて彼は，キュレーネーを輝かしめたのである。キュレーネーは喜んで迎え入れることだろう，デルポイから待望の栄誉を引っさげて女性美しき祖国へと帰る彼を。

　焦点となるのは，79行 καὶ Ἰόλαον の καί が，何と何を並列させているのかという問題である。「イオラーオスもまた，彼に栄誉を授けた」。そうである以上，71-75行においても，端的に言えば，誰かが「彼」に栄誉を授けている必要がある。しかしながら，そこにあるのは，徹底的に行為者としての勝利者であって，栄光を付与されるものとしてのそれではない[23]。唯一，勝利者が受動的立場をとるのが73行 νιν … δέξεται であるわけだが，そこで主語となるのは祖国キュレーネーであって，勝利の地ピュートーではないのである。79行 καὶ Ἰόλαον の καί が並列させ得るものは，71-75行のうちに存在しない。
　勝利の地を示す固有名詞が，誤解の余地なく並列されてゆけば，それで勝利の列挙としては十分なのではないか。ある程度の文構造のねじれは，バリエーションとして許容可能なのではないか。そのように考える人がいるなら，もう少し畏怖と敬意をもって[24]，勝利の列挙というこのモチーフに接してもらいたいところである。そこにおける並列的叙述は，かくもぞんざいな接続が許されるものではない。
　勝利の地を単語レベルで列挙する，例えば『オリュンピア第12歌』17-18行のような簡潔なものは別として，より複雑な列挙を確認してゆこう。先に引いた『ネメア第10歌』は，その一つの典型であるが，そこにおける25行 καί ποτ(ε) の並列関係は，明確である。勝利の第1項は24行 νικάσαις と，勝利者の能動的行為として示され，それを受けて第2項が ἐκράτησε と続き，以下，第3項，第4項と，すべて接続詞 καί で

---

23) 72 συνέμειξε, 73 νικάσαις, ἀνέφανε, 75 ἀγαγόντ'.
24) Gerber, O. 9, 71 n. 1 とともに，Young に完全に同意する：'[i]t has become traditional in Pindaric criticism to regard catalogues of victories as boring and extraneous, to write them off as second-rate poetry, and to excuse Pindar for composing them by theorizing that the hireling poet could not oppose the dictates of conceited patrons. [...] Frankly, I am not bored by the catalogue of victories but awed' (*Three Odes*, 91)。

つながれるが，それはいずれも，勝利者が打ち負かした相手を列挙する。並列構造にぶれはない。

逆に，勝利者が終始，神の好意を受ける受動的位置をとる形で列挙されていく例としては，『ネメア第6歌』34-44行を確認することができよう。

N. 6.34-44：

   καὶ γὰρ ἐν ἀγαθέᾳ
35 χεῖρας ἱμάντι δεθεὶς Πυθῶνι κράτησεν ἀπὸ ταύτας
35b αἷμα πάτρας
  χρυσαλακάτου ποτὲ Καλλίας ἁδών

 ἔρνεσι Λατοῦς, παρὰ Κασταλίαν τε Χαρίτων
 ἑσπέριος ὁμάδῳ φλέγεν·
 πόντου τε γέφυρ᾽ ἀκάμαντος ἐν ἀμφικτιόνων
40 ταυροφόνῳ τριετηρίδι Κρεοντίδαν
 τίμασε Ποσειδάνιον ἂν τέμενος·
 βοτάνα τέ νίν ποθ᾽ ἁ λέοντος
 νικάσαντ᾽ ἤρεφε δασκίοις
 Φλειοῦντος ὑπ᾽ ὠγυγίοις ὄρεσιν.

というのも，かつてまたこの血筋から，カッリアースが両の手に革紐を巻いて神々しきピュートーで勝利を収めた。黄金の糸紡ぎもつレートー神の子たちの好意を受けてのこと，夕暮れにカスタリアーの水辺でカリテス神のどよめきを受けて彼は燃え輝いた。また疲れを知らぬ大海の門［イストミア］が，近隣の人々集る牛屠る二年毎の儀式のなか，ポセイドーン神の神域にてクレオンティダースに栄誉を授けた。そしてまたかつて獅子の草地［ネメア］が勝利を挙げた彼に冠をかけた，プレイウースの神さびた山陰でのこと。

勝利者の属するバッシダイ一族について，その構成員の勝利を，ピュー

ティア，イストミア，ネメアと列挙してゆくこの箇所においても，並列構造は明確である。出だしこそ「勝利を収めた」と始まるが，それは即座に「レートー神の子たちの好意を受けて」と，神の好意を表す言葉づかいに移る。そしてその後，τε … τε とつながれてゆく第2項，第3項において，その言葉づかいは，勝利の地が主体，勝利者が客体として表される表現をもって一貫しており，列挙の明確さは際立っている。

もちろん，このモチーフは単調を旨とするものではない。当然ながら，主体・客体の交換はバリエーションをつけるために有効である。

O. 7.80-84：

τῶν ἄνθεσι Διαγόρας
ἐστεφανώσατο δίς, κλει-
νᾷ τ' ἐν Ἰσθμῷ τετράκις εὐτυχέων,
Νεμέᾳ τ' ἄλλαν ἐπ' ἄλλᾳ, καὶ κρανααῖς ἐν Ἀθάναις.

ὅ τ' ἐν Ἄργει χαλκὸς ἔγνω νιν, τά τ' ἐν Ἀρκαδίᾳ
ἔργα καὶ Θήβαις, […]

その（ロドスの競技会の）花冠を，ディーアゴラースは2度得たのであり，また名高きイストモスにおいては4度勝利を収め，またネメアにおいても次から次へと，そして岩がちのアテーナイにおいても勝利を収めた。アルゴスにおける青銅（の賞品）もまた彼を認め，またアルカディアにおいても，そしてテーバイにおいても賞品が彼を認めたのであり，[……]

ロドス，イストミア，ネメア，アテーナイ，アルゴス，アルカディア，テーバイと勝利は列挙され，類い稀なるこの競技者の勝利は，引用部より後もさらに列挙が続くことになるわけだが，注目すべきは83行，アルゴスの勝利の連結である。直前まで勝利者を主語として言及されてきた勝利が，この項目において，「アルゴスにおける青銅（の賞品）もまた彼を認めた」と，主客逆転することになる。しかしそこで使用される接続詞 τ(ε) は，文と文をつなぐ位置に置かれており，連結の関係性が明

示されている。また，勝利の地をあらわす語句が，前後一貫して項目の先頭におかれ，かつ並列接続詞と直結されていることで，構文は途中で変化しようとも明確に並列構造を維持していることにも，注意すべきであろう[25]。

翻って『ピューティア第9歌』79行の καί を見るとき，これを勝利の列挙の第2項と考える場合の，その連結の不鮮明度は明らかである。問題となるのは，接続詞の語順である。文頭ではなく，文中で καὶ Ἰόλαον と言われているからには，並列の関係は限定される。直前に，勝利の地が主体となり，勝利者に恩恵を与える表現が必要とされよう。にもかかわらず，勝利者と勝利地との関係において見られるのは，あくまでも勝利者を主体的に捉える表現のみであり，客体的表現は，勝利者とその祖国との関係に限られるのである[26]。この点にこそ，71-75行に勝利の列挙の第1項を認めるべきではないとした，Instone の指摘は意味があるといえよう。第1項目それ自体が，勝利の列挙として成立しないわけではない。第2項が，接続し得ないのである。問題を単純化して言えば，表現が ἔγνον ποτὲ καὶ Ἰόλαον ではなく，καὶ ἔγνον ποτὲ Ἰόλαον であったならば，ここに勝利の列挙を認めることは可能であったかもしれない。

*

問題となる箇所の直前とのつながりについては，かくのごとき状況にある。対するに，後につながる部分はどうか。ここに勝利の列挙の第2項目をみるならば，直後に続くテーバイ神話は，勝利の地への言及に誘発された展開，脱線である。ならば，話が本筋へと復帰する部分こそが，話の脈絡をたどるためには重要となろう。

---

[25] さらに，主客の移行を同様に行う例として，N. 4.17-22 を参照せよ（19行テーバイの項目）。

[26] あわせて，90行以下，アイギーナ，メガラ，そして自国キュレーネーと列挙される勝利が，一貫して勝利者を主体的に表現していることにも注目せよ：91 εὐκλεΐξεν（この箇所の読みについては，次註を参照せよ），97 νικάσαντά σε。

89a-92：

>   Χαρίτων κελαδενναν
> 90 μή με λίποι καθαρὸν φέγγος. <u>Αἰγίνᾳ τε γάρ</u>
>   <u>φαμὶ Νίσου τ' ἐν λόφῳ τρὶς</u>
>   <u>δὴ πόλιν τάνδ' εὐκλέϊξεν</u>
>
>   σιγαλὸν ἀμαχανίαν ἔργῳ φυγών·[27]

歌声響くカリテス神の澄み渡る光が，私を離れることのないように。<u>というのも私は高らかに宣言しよう，彼はアイギーナ，そしてニーソス王の丘の辺［メガラ］と，実に3度，この国の名を高めたのだ，と</u>。つまりは実績を上げることで手だてなき沈黙を免れたのだ。

この箇所について，Hubbard の指摘するところ[28]は傾聴に値しよう。すなわち，90-92行は，73行と，内容のみならず言葉の上でも明確に呼応している（ἀνέφανε Κυράναν = πόλιν τάνδ' εὐκλέϊξεν）。そもそも祝勝歌において，この種の文脈における一人称単数の φαμί は，単に「言う」，「述べる」ではなく，「高らかに宣言する」もしくは「強く断言する」に相当する，大きな強調を含むものである[29]。ところがテレシクラテース説に従う限り，ここに言及されているのは，勝利の列挙の第3項と第4

---

27) Snell-Maehler の採用する εὐκλεΐξαι (codd.) ではなく，εὐκλεΐξεν (Pauw) を採る。本箇所のテキスト問題は解決したとは言いがたいが，本研究では，少なくとも以下の点については結論が出ているものと判断する。すなわち，90-92行の言葉づかいは，φαμί の1単語以外は全て勝利者にふさわしく，ゆえに，写本の修正が必要である（cf. Carey, *Five Odes*, Gianni, Instone, ad loc.; pace Hubbard, 'Theban Nationalism', 25-29）。目下有力な修正案は，φαμί を挿入語法ととり，不定詞 εὐκλεΐξαι を定動詞の二人称単数（εὐκλέϊξας Hermann）もしくは三人称単数（εὐκλέϊξεν Pauw）と修正する案，あるいは τε を二人称代名詞（σε Maas）に修正するものである。本研究は，二人称をここで導入することには文体的な観点から問題があること（cf. Carey, *Five Odes*, 95, Hubbard, 'Theban Nationalism', 27-28，さらに本書第1章第1節を参照せよ）を重視し，Pauw の修正読みが適切であると判断する。しかしながらいずれを採るにせよ，ここで言及されているのが被称賛者の勝利であると認めるかぎり，以下の論旨には影響しない。

28) Hubbard, 'Theban Nationalism', 27.

29) E.g. *P*. 2.64, Bacch. 1.159.

項であり，しかも4大競技祭のものならいざ知らず，アイギーナにメガラという，とりたてて驚くべきものでもない地方競技祭のそれである。ピューティアに言及したときと同じ言葉づかいを用い，それどころかこれに強調を加えた表現をここに至って使っているというのでは，ほとんどアンチクライマックスになってしまわないか。

　この事実の確認をもって Hubbard は，$εὐκλέϊξεν/-ας$ の修正読みを否定する根拠の一としようとした。しかしむしろ，なぜもっと素直な結論へと至らなかったのか，訝しまれるところである[30]。すなわち，この対応関係が示すのは，まさしく90-92行が71-75行を繰り返しており，輪構造を形成していること，そして76-90行は格言によって導入された脱線部を作っていることではないのか。

　ここで解決のヒントを与えてくれるのは，91行の「3度 $τρίς$」なる言葉である。確かにピンダロスにおける勝利の回数への言及は，非常に曖昧であることが多く[31]，この箇所においても，アイギーナとメガラの，どちらかが2回でもう片方が1回という漠然とした解釈も，それ自体としては十分に蓋然性がある。しかし90-92行が明確に71-75行の反復を含んでおり，その中で $τρίς$ というからには，3度の勝利とは，アイギーナ，メガラに，先に言及されたピューティアのそれを加えたものに他ならないであろう。本箇所の $τε…τε$ は，並列の第1項と第2項ではなく，第2項と第3項をつないでいると考えるべきだったのである。

　「私は高らかに宣言しよう，彼はアイギーナとメガラとを含め，実に

---

30) Hubbard, 'Theban Nationalism' は，良い指摘を含むがゆえに，本研究では何回か取り上げられるが，その骨子をなす主張について公正な評価を試みれば，高い評価は与えがたい。その核をなすのは，90-92行が勝利者についての一文ではなく，ピンダロスという詩人その人であると証明せんとする部分 (25-29) であるが，その論ずるところは，牽強付会に過ぎると断ぜざるを得ない。指示代名詞 $ὅδε$ がテーバイを指すとする点，97行以下に言及される競技祭がアテーナイのものであるとする点は，論拠不足である。そこで頻発される 'absolutely clear', 'undoubtedly', 'most unlikely' といった言葉づかいは目に余るものと言わざるを得ず，あるいはこの指示代名詞が勝利者の祖国を指さない例として，神話部の，しかも直接話法内の表現をパラレルとして挙げようとする点 (25 n. 11) などは，最大限好意的に言って，ミスリーディングである。また97行以下について，これがキュレーネーのことでないと断じるだけの根拠は何も示されていない（97行以下の競技祭については，cf. Carey, Five Odes, ad loc., Gentili, ad loc.）。

31) 勝利数をめぐる表現上の曖昧さについては，Cole に類例がよく集められており，そこで示される解釈を受け入れるかどうかは別として，有益なものである。

3度，この国の名を高めたのだと」。90-92行は，ピューティア，アイギーナ，メガラの勝利を列挙しており，同時にそれは，テレシクラテースの異国における勝利の全てを挙げていると考えられる[32]。テーバイの競技祭が入り込む余地はない。76-79行の格言が予期させた勝利の列挙は，脱線から復帰する90行をもって初めてなされるのである。

III

それでは脱線をなすテーバイ神話部では，何が語られているのか。そこでまず注目すべきは，繰り返し見られる称賛の強調である[33]。κωφὸς ἀνήρ しかり[34]，στόμα περιβάλλει しかり，ἀὲ μέμναται しかり。埋葬の儀を想起させる κρύψαν や σάματι もまた，称賛を含意していると考えられよう[35]。そしてこのように，イオラーオス，アンピトリュオーン，ヘーラクレース，イーピクレースと，古に称賛された者たちを，一見したところ脈絡もないように言及してゆく手法は，実のところピンダロスに繰り返し見られるモチーフである。

『ピューティア第3歌』結尾のネストールとサルペードーンについて，なぜ彼らがそこで突然言及されなければならないのか，議論は可能であり，また必要であろう[36]。しかし本歌との関係において注意すべきことは，言葉の上ではあくまでも古の称賛の実例として，列挙されるのみだということである。同じことは同『第1歌』94行以下，パラリスと対比的に語られるクロイソスにもあてはまる。さらに，称賛についての格言

---

32) これにより，97行 πλεῖστα νικάσαντά σε 以下との対比構造が，他国・自国の対比として，より明確になることにも注意せよ（自国における勝利は，数を気にせずひとからげにされがちである：N. 2.23 τὰ δ' οἴκοι μάσσον' ἀριθμοῦ）。

33) テーバイ神話部における称賛の強調，ならびに，これに続く部分との間の，称賛の強調という観点から見た類比性については，cf. Nash, 89。

34) この κωφὸς ἀνήρ が，あくまでも 'omnes laudant' の文彩に富んだバリエーションであることは，Young, 'Pindar's Style' によって十全に示されている：cf. I. 6.24 οὐδ' ἔστιν οὕτω βάρβαρος οὔτε παλίγγλωσσος πόλις。あわせて，cf. Nash, 81-89。

35) Cf. I. 8.56a-58。

36) もちろん，決して無節操に選ばれたものではあるまい。この箇所をめぐる議論については，Miller, 'Nestor' を参照せよ。

的な表現に直接続ける構造をとっている点で，以下の2例は注目に値しよう。

P. 11.55-62：
55 ⟨ἀλλ'⟩ εἴ τις ἄκρον ἑλὼν
      ἡσυχᾷ τε νεμόμενος αἰνὰν ὕβριν
    ἀπέφυγεν, μέλανος ἂν ἐσχατιὰν
57   καλλίονα θανάτου ⟨στείχοι⟩ γλυκυτάτᾳ γενεᾷ
    εὐώνυμον κτεάνων κρατίσταν χάριν πορών·

    ἅ τε τὸν Ἰφικλείδαν
60 διαφέρει Ἰόλαον
    ὑμνητὸν ἐόντα, καὶ Κάστορος βίαν,
    σέ τε, ἄναξ Πολύδευκες, […]

だがもし誰かが頂点を極め，同時に平静を旨として恐るべき傲慢を避けるなら，その者が進む死の闇なる終着はより良いものとなるのであって，つまりはいとしい子孫に最高の財産，すなわち名声の喜びを遺すのである。この喜びこそがイーピクレースの子イオラーオスを称賛に包んで世に知らしめるのであり，そして力強きカストールを，また，王ポリュデウケースよ，あなたを世に知らしめるのだ，［……］

P. 2.13-16：
    ἄλλοις δέ τις ἐτέλεσσεν ἄλλος ἀνήρ
    εὐαχέα βασιλεῦσιν ὕμνον ἄποιν' ἀρετᾶς.
15 κελαδέοντι μὲν ἀμφὶ Κινύραν πολλάκις
    φᾶμαι Κυπρίων, τὸν ὁ χρυσοχαίτα προ-
        φρόνως ἐφίλησ' Ἀπόλλων, […]

王たちにはその偉業への報いとして，その時それぞれの人が響き美しい賛歌を捧げるものである。片やキュプロス人たちの歌

声がキニューラースを大いに称えている。彼こそは黄金の髪のアポッローン神が寵愛した人であり，[……]

とりわけ後者は，実例が1名のみであることを除けば，称賛をめぐる格言（P. 2.13-14：P. 9.76-79），称賛される者の名（Κινύραν：'Ιόλαον），土地の明示（Κυπρίων：Θῆβαι），そして関係代名詞によるさらなる脱線（τὸν：τόν）と，『ピューティア第9歌』との類似性は高い。

そしてこの2例との比較は，本歌における νιν の文法的な機能についても，重要な示唆を含むように思われる。一方で，「名声の喜び εὐώνυμος χάρις」がイオラーオスの名声を広め，「響き美しい賛歌 εὐαχὴς ὕμνος」ないし「歌声 φᾶμαι」がキニューラースを称えている[37]。他方，本歌においては，76-79行の格言群の言葉づかいから明らかなように，καιρός が意味するのは詰まるところ，時宜をわきまえた称賛である[38]。ならば本歌においても，まさしく καιρός こそが，イオラーオスに名誉を与えたのではないか。すなわち，νιν は分詞句 οὐκ ἀτιμάσαντα の目的語ではなく，主語なのではないか[39]。

この理解に立つとき，テーバイ神話部前後における論理の道筋にもまた，明確な見通しが得られよう。何となれば，テーバイ神話部の脱線は実質的に，古の称賛を列挙するものとなっており，対するにその列挙の行き着く先は，90-92行におけるクライマックスとしての被称賛者への

---

37) あるいは『ピューティア第1歌』におけるパラリスへの否定的言及を見よ：P. 1. 97-98 οὐδέ νιν [sc. Φάλαριν] φόρμιγγες ὑπωρόφιαι κοινανίαν / μαλθακὰν παίδων ὀάροισι δέκονται.

38) Cf. 76 πολύμυθοι, 77 ποικίλλειν, 78 ἀκοά. この語については，時機か多寡かの語義問題ばかりが取り上げられてきたが，より注目すべき点は，それが称賛の様を表していることにあったのである。なお，ピンダロスにおいて καιρός が実質的に「時宜に適った称賛」を意味する例としては，cf. P. 1.81 καιρὸν εἰ φθέγξαιο.

39) καιρός を受けた νιν をもって，分詞句の主語とすべしという主張は，既に Wilamowitz, 264 によってなされている。ただしそこでは，最終的に考えられていた意味に大差はなく，あくまでも時機を得たエウリュステウス退治の達成を表すものとされた。対するに Köhnken, 'Litotes', 65 n. 11 は，καιρός のような抽象概念について，それが τιμή を与えるという表現は成立しえず，動作主体は神か人であらねばならないと指摘する（cf. Slater, Lexicon, s.v. τιμά, τιμάω）。確かに，多少なりと人を驚かせる表現だったかもしれない。しかし称賛の歌こそが人に名誉を与えるものであるという，祝勝歌における通念を念頭に置けば，決して無理な表現とは言えないであろう：O. 1.30-31 Χάρις δ᾽, ἅπερ ἅπαντα τεύχει τὰ μείλιχα θνατοῖς, / ἐπιφέροισα τιμάν, N. 7.31-32 τιμὰ δὲ γίνεται / ὧν θεὸς ἁβρὸν αὔξει λόγον τεθνακότων.

言及である。この文脈の中で，列挙の第1項目が「καιρός こそが，かの者に名誉を与えたものである」と始められていることを確認するとき，そこには同時に，脱線部に挙る称賛全てが「時宜にかなった称賛」の例示となっている構造を，そしてこの例示をそのまま目下の称賛へと適用せんとしている脈絡を，見出すことができよう。時宜をわきまえた称賛でもって，古にかくかくしかじかの者たちが称えられたようにして，今は，この男テレシクラテースを称えるべきなのだ。

IV

「かくのごとき時宜を得た言葉こそが，イオラーオスにもまた名誉を与えたのだということは，七つの門のテーバイの知るところである」。この一文は，称賛の時宜をわきまえるべしとの直前の格言を受けて，遠き過去におけるその実例を挙げている。そして話は，さらなる実例を挙げるべくテーバイ神話へと脱線した後，それより復帰し，まさに今この時に，時宜をわきまえた称賛を実践するものとして，被称賛者の3度の勝利を列挙することになるのである。

テーバイ神話部前後は，そこに見られる，詩人の営為を思わせる言葉，弁解とも解しうる表現，そしてそもそもの始めからテーバイの名そのものゆえに，大いに伝記主義的解釈を誘う部分であった[40]。この文脈の中で $νυν$ の指示対象同定の問題は，両説どちらをとるかがそのまま Bundy 的な祝勝歌理解を認めるか否かの立場表明へとほとんどすり替わってしまい，それぞれの可能性の丁寧な考察がないがしろにされてきた感が否めない[41]。本章は，そのような状況の中で再読を試みたものである。論争に気をとられて，ギリシャ語本文の読解がなおざりにされている箇所は，本箇所に限らないのではないか。

---

40) 本箇所をめぐる伝記主義的解釈については，Young, 'Pindar's Style', 134-35, Nash, 77 n. 2 を参照せよ。

41) とりわけ，καιρός 説をとった場合の $νυν$ について，これを分詞句の目的語とするか主語とするかの問題は，「大意は同じである」(Köhnken, 'Litotes', 64 n. 5) とされたまま，真面目に再検討されたようには見えない。例えば最近では Hummel, §244 も，「一般に主語でなく目的語と解される」としただけで，主語説については典拠指示さえ省略している。

第 3 章

『オリュンピア第 6 歌』82-84 行

I

O. 6.82-84：
 δόξαν ἔχω τιν' ἐπὶ γλώσσᾳ λιγυρᾶς ἀκόνας,
 ἅ μ' ἐθέλοντα προσέρπει καλλιρόαισι πνοαῖς.
 ματρομάτωρ ἐμὰ Στυμφαλίς, εὐανθὴς Μετώπα,

　『オリュンピア第 6 歌』82 行以下は，ピンダロスにおける大胆な比喩の典型もしくは極致として名高い。それゆえにまた，数多くの議論を呼んできた箇所ともなっている。もっとも，言葉足らずの大胆な比喩の含意について，その意図するところを全て汲み尽くさんとすることは，文化的背景の失われた今日にあっては，概して困難だと言うべきである。本箇所についても一見したところ，論点は出尽くしており，もはや主義・趣向の問題に傾いているようにも見えるかもしれない。しかしながらその議論を今一度確認するならば，そこに大きな偏りがあることを見出せるであろう。議論多きこの箇所について，錯綜を整理してその問題点を明らかにしつつ，明確な解釈を示すことが，本章の目的である。

　本箇所が多くの議論を呼んできたことは故なきことではない。ここには単純に単語のレベルにおいてさえ，実に多くの問題が見出される。主たる点を挙げてゆくだけでも，δόξα の意味の同定，不定代名詞 τιν(α) の含意の特定，ἀκόνα の比喩としての用法の問題，λιγυρᾶς ἀκόνας のテキスト問題，προσέρπει に対する別読 προσέλκει の適否，πνοαῖς の意味するところは何か，そして ματρομάτωρ 以下に続く接続語省略 asyndeton をいかに考えるのか。言わば，ほとんど全単語が問題になっている

と言っても良いような様相を呈しているのである。

　この箇所について，ピンダロスの大胆な比喩の典型として，その比喩の評価に終始していたそれまでの議論に対して，重要な論点を導入したのは，Norwood である。それまでの解釈の基本線を Farnell に代表させるなら，それは以下のような解釈であった：

> 強烈に響く文句だが，必ずしもうまく言えているわけではない。［……］今の註記者たちのおおよその共通見解として，一行目全体の意味は「私には，鋭い砥石が舌に当たっているような感覚がある」となる[1]。

　その特徴は，以下の3点にある。第一に，この比喩についての美的評価と難点指摘を含むこと。第二に，δόξα の意味について，感覚ないし印象を意味するものととらえること。そして第三に，ἀκόνας の属格を，感覚の対象物をあらわすものと理解し，もって「砥石が私の舌の上にあるように思われる」という意味をなすと考えることである[2]。

　しかしながらこの理解には，大きな問題がある。それをはっきりと指摘したのが，Norwood である。すなわち，δόξα が「感覚・印象」の意味をもつことについて，人はパラレルを挙げられるのか。なるほどこの単語が，「幻影・幻覚」の意味を持つことは間違いないところである[3]。しかしこの意味と，本箇所の解釈に必要とされる「感覚」の意味との隔たりは大きい。以下の例を見れば明らかである：

A. *Ch.* 1051-1054：
Χο. τίνες σε δόξαι, φίλτατ' ἀνθρώπων πατρί,

---

1) Farnell, ad loc. ('[A] strong and vibrant phrase, but not altogether happy [...]. Modern commentators are generally agreed that the first line of the whole phrase means "I have the impression, the feeling of a shrill whetstone on my tongue".')

2) E.g. Gildersleeve, ad loc.: '[o]ne of the harshest combinations in P[indar], at least to our feeling [...]. The shrill whetstone that P. feels on his tongue accosts him with sweet breathings, and with a welcome message'. Pearson, 210: '[e]veryone is acquainted with the metaphor which Pindar employs in *Ol.* 6.82 [...] "I can imagine the thrust of the shrill whetstone which assails my tongue with my consent"'.

3) LSJ, s.v., II. 3.

第3章 『オリュンピア第6歌』82-84行

στροβοῦσιν; ἴσχε, μὴ φοβοῦ, νικῶν πολύ.
Ορ. οὐκ εἰσὶ δόξαι τῶνδε πημάτων ἐμοί·
σαφῶς γὰρ αἵδε μητρὸς ἔγκοτοι κύνες.

合唱隊：どんな幻覚があなたのまわりを巡っているのですか，父君の最愛の子よ。止まってください，恐れずに，確かなる勝者として。
オレステース：私に降りかかるこの災厄，これは幻覚ではない。何しろはっきりしているのだ，母の怒りを含んだこの犬どもは。

「どんな幻覚が」「幻覚ではない，はっきりとしているのだ」というこの応酬の中にあるのは，現実と虚偽の対比である。対するに，『オリュンピア第6歌』の当該箇所について，「私は砥石の幻覚を見ている」の意を見ようとする人は稀であろう[4]。ゆえに Norwood は，δόξαν ἔχω を属格とともに使用する最も自然な用法として，「私は……という名声を獲得している」の意[5]ととるべきとして，論を展開したのである。

さらにもう一点，Norwood のなした重要な指摘は，この箇所における不定代名詞 τις について，その含意の特定の必要性へと注意を促したことである[6]。「私は名声を獲得している」としてその名声に「とある」という不定代名詞がかかるとき，その含意はとらえがたく，一見したところ，謙遜ないし卑下を表しているようにも見えかねない。そこで Norwood は，これを meiosis として，「大いなる名声」を表す[7]と考えるべきだとしたのである。

ギリシャ語本文を丁寧に再読すべし，ということを基本的主張として

---

4) 唯一 McDiarmid は，本箇所の中に，まさしく現実と虚偽の対比を見ようとしている。しかしパルメニデースをパラレルとして援用しつつ，この語と89-90行 ἀλαθέσιν λόγοις との間に対比を見ようとするその議論には，説得力を認めがたい。
5) LSJ, s.v., III. 2 & 3.
6) もちろん，2つの指摘自体は新しいものではない。Schroeder は ed. mai. の校訂註の中で，従来の解釈に対して，この2つの問題点を指摘している。しかしそこで彼が示した解釈，すなわち 'opinionem quandam de suo genere ipso quoque ex Arcadia oriundo significare P[indarum]' は，あまり注目されることはなかったようである。
7) Cf. LSJ, s.v., A. II. 5.

掲げる本研究ならずとも，このNorwoodのなした指摘，とりわけ前者のそれは，当然すぎるほど当然のものに見えよう。にもかかわらず，Norwoodの論が注目に値するのは，その指摘の受容のされかたよりもむしろ，無視のされようにおいてである。

なるほど確かに，Norwoodに次いで，BeattieとDoverがそれぞれ，「私は名声を得ている」と考える方向で，本箇所の再解釈を試みている[8]。しかしながら，両者ともやや大胆に過ぎる主張を含むものであった[9]。一連の議論を通して，「私は名声を得ている」ととる解釈が，必ずしも説得的な全体像を結ばないことが示された，と言うことはできるだろう。しかしそのことと，δόξαの意味を問い直せ，という根本的な問題提起とは，別個のことである。

しかるにこの箇所の解釈において主流となっているのは，δόξαについて，相変わらず無根拠に「感覚」の意で捉え続ける考え方である。Woodburyは，極めて雑な議論のもと，何らパラレルを提示することもなく「感覚」の意味を採用しており[10]，さらに彼の議論に全面的に依拠することをもって，Kirkwoodもこれを「我が舌の上には，砥石の力がかかっているように思われる」と解釈する[11]。あるいはHummelもまた，これを名詞対格とἔχωとの「慣用句的な結合」という命題のもとに括り，Farnell以来の解釈に重きを置く評価を下す[12]。あるいはその

---

8) ただしこの両者は，Norwoodに言及していないことに注意せよ。

9) 前者は83行の論理的な接合を考察したうえで，その関係代名詞ἅをἀλλ'と修正する読みを提案し，後者はδόξαの内容を84行が同格的に示す（「我が名声，すなわちメトーパーなる名声」）として，いずれも全体としては受け入れがたいものとなっている。

10) Woodbury, 'Tongue', 32. この単語は，大きくわけて「自己への表出」と「他者への表出」の二つの意味に分かれるとした上で，自分の舌の上のもの（ἐπὶ γλώσσᾳ）が他者に見えることはあり得ないので，「他者への表出」の意味は成立せず，もって「名声」の解釈は排除されるべしという。さらに「自己への表出」のうちでも，最終的にその意味を'it seems safest to say that he has a "perception" or a "feeling"'と断定するに至る過程において，一度たりとギリシャ語が引かれることはない。その後延々と行われる，γλῶσσαが（味覚以外の）感覚・知覚の主体となり得るかについての議論は，的外れである。

11) Kirkwood, *Selections*, ad loc.: '[m]y tongue seems to have upon it the power of a shaping stone'.

12) Hummel, §76. この書の常として，両説の紹介は怠っていないが，感覚説にはFarnellを含む3者を引きながら，名声説にはNorwoodのみしか挙げないのは，意図的なものが感じられる。そもそも，その他の例として挙げられるのは，*P.* 9.78-79 ὁ δὲ καιρὸς ὁμοίως / παντὸς ἔχει κορυφάν と，*N.* 4.36-37 καίπερ ἔχει βαθεῖα ποντιὰς ἅλμα / μέσσον である

質の高さ，バランス感覚の良さにおいて定評の与えられる Race でさえも，本箇所を「澄み渡る響きの砥石の感覚」と訳し，それに「大胆な比喩」と注記するのである[13]。

ここに繰り返し見られる態度，すなわち，δόξα の語義について考察・実証することを放棄し，「大胆な比喩」という評価を持ち出すことで良しとするその態度は，本箇所をめぐる議論の中で，一貫して見られるものである。しかし，注意しなければならない。確かにここに，舌と砥石についての大胆な比喩を認めることはできよう。しかしその問題と，δόξα の語義のそれは，全く別個のものである。改めて確認すべきは，δόξα が古典ギリシャ語一般において，「感覚・知覚」のような意味を持ち得ないことであり，さらには，ピンダロス祝勝歌における，本箇所を除く全16例中，13例が「名声・栄誉」を表し，3例が「意見・考え」を表すという，厳然たる事実である[14]。ἔχω δόξαν ἀκόνης ἐπὶ γλώσσῃ というギリシャ語を ἀκόνη δοκεῖ μοι εἶναι ἐπὶ γλώσσῃ と同義であるとし，それを 'dictio lyricae plena audaciae'「抒情詩的な大胆さに満ちた物言い」と呼んで事足れりとしたのは Boeckh[15] であるが，このような姿勢

が，いずれの場合も，対格名詞の語義そのものは明確であり，パラレルとはなりえない。さらに前者の例については，そもそも慣用句とは言えない：Young, 'Aristotle', 157-161 を見よ。

13) Race, *Loeb*, ad loc.: 'the sensation of a clear-sounding whetstone', 'a bold metaphor'.
14) Cf. Slater, *Lexicon*, s.v. に基づく。
15) Boeckh, 2.161. この解釈の発端がどこにあるのかを辿ることは，本章の範囲を超えるものであるが，本箇所の場合少なくとも，ピンダロス研究においてしばしばそれであるところの，スコリアではない (pace Hummel, 82 n. 1)。スコリアは一貫してこの δόξα を δόκησις と読み替えているが (140a, 140c, 141b-e)，この δόκησις は，概して「一つの考え」を意味しており，それが「まるで砥石のように私に作用する」と解釈するものであって，「砥石の感覚」を意味してはいない。典型的なパラフレーズとしては，以下の例を見よ：140a δόκησιν ἔχω ἐπὶ τῆς γλώττης, ἥ με παραθήγει ὡς ἀκόνη ὑμνεῖν ὑμᾶς καίπερ διαπροαιρούμενον, 141c ἡ δόκησις ἀκόνη μοι· ὃ δοκῶ περὶ τῶν ἀνδρῶν, τοῦτό μοι ἀκόνη ἐστὶν ἡ παροξύνουσά με καὶ παρορμῶσα. 対するに，141b, d のみが，砥石の属格を直接 δόξα にかけるパラフレーズを示している (141b ἀκόνης τινὸς δόκησιν ἔχω ἐπὶ γλώσσης· ὅ ἐστι, παρακονῶμαι, 141d τῆς λιγυρᾶς ἀκόνης ἔχω δόκησιν ἐπὶ τῆς γλώσσης, ἥτις κραίνει τῆς εὐτυχίας τὴν δόκησιν)。しかし言葉足らずなそのパラフレーズでもって何を言おうとしているのか，必ずしも明確ではない。少なくとも，他の箇所におけるこの語の使用例は，「砥石の感覚」という解釈を支持せず，あくまでも「名声・栄誉」もしくは「意見・考え」の線で解釈することを要求する: cf. Σ *O*. 2.44, 5.37b, 8.33a, d, *N*. 11.30b-c（とりわけ，*O*. 5.37b の例では，はっきりと「名声」の意味で使用されていることに注意せよ: (εὖ δὲ ἔχοντες·) εὖ δὲ πράξαντες οἱ ἀρετῆς ἀντιποιούμενοι, ὅ ἐστιν ἐπιτυχόντες οἱ νικήσαντες, καὶ σοφίας δόκησιν ἔχουσιν)。

は，今やピンダロス研究からは排除される必要がある。δόξαν ἔχω が δοκεῖ μοι εἶναι の意味で使用し得ると主張する者は，そのパラレルを示す責任がある。あるいは，この箇所において通常から逸脱した語義を認めるための，その蓋然性を論証しなければならない[16]。

Dover 以降の近年の研究者の中で，δόξα について，この誤謬に陥らずに堅実に議論を展開した論者として言及するに足るのは，Ruck[17] と Hutchinson[18] のみである[19]。しかし残念ながら前者は，基本的なピンダロス観に問題なしとは言いがたい。すなわち，ピンダロスにおいて論理的なつながりを認めることは意味がないと断言した上で[20]，前後の脈絡の丁寧な確認よりも，遠く隔たった箇所との呼応関係の探索に熱を上げている。対するに後者は，論点を先取りするなら，本章の結論と極めて近い解釈を示していることになるが，注釈書という性格上，その議論はあまりに不足している。問題多い本箇所を3頁で論じようとしたことには，いかんせん無理があるものと言わざるを得ない。

本箇所の丁寧な再読は，未だなされていないのである。

---

16) Catachresis という判断は，細心の注意をもって行われる必要がある。たとえば，O. 1.107 の κᾶδος において，現在認められている語義「親身な心遣い」には，狭義のパラレルが存在しない。しかしながら，この語の通常の語義「姻戚関係」もしくは「嘆き・苦しみ」を採るとこの箇所が全く意味をなさないこと，前後の文脈が支持すること，傍証パラレルによって補強されること，それらの論証を経て初めて，上述の語義をこの箇所に認めることを，我々は是とするのである。Cf. Slater, 'Doubts', 201, Gerber, O. 1, ad loc.

17) Ruck は，名声説の前述3者を否定したうえで，スコリアの解釈で行けるはずである（135）として論を進めるため，言葉の上では紛らわしくなっているが，註15に確認したとおり，スコリアの解釈とは「名声」ないし「考え」であって，旧来の「感覚」説論者とは異なる路線を取っていることに注意せよ。

18) Hutchinson, Lyric, ad loc.

19) McDiarmid は註4で述べたとおり，δόξα の解釈において説得力に欠け，また ἀκόνας を δόνακος と修正すべしとの主張は根拠薄弱である。Pavese は83行 πνοαῖς を中心的に考察するものであって，本来ここで言及すべきものではないが，82行については Beattie の解釈を積極的に支持している点において，特記に値しよう（307 n. 3）。

20) Ruck, 138: '[i]t is from such motifs and clichés that the poet composes his ode [...]. We must not expect a rational discourse from the ode [...]. The critic can hope merely to isolate the melodies and indicate their orchestration'.

第 3 章 『オリュンピア第 6 歌』82-84 行

II

　本章の考察の出発点は，Dover の明言をそのまま受けつぐものである。

　　『オリュンピア第 6 歌』82 行以下について，δόξαν を「名声」と訳すのでは意味が通らないと結論づけられない限り，他の訳を前提とする諸解釈については検討の必要すらない[21]。

しかしながらその先の一歩について，この数行のみに注目し，それぞれの単語の含意を汲み尽くそうと試みる諸先行研究の態度は，疑問に思われる。何となれば，本箇所が皆の認めるとおり，高度に比喩的な箇所であること自体は間違いなく，そのような一文について，文脈の確認抜きに内容の含意の特定を急いでも，益がないように思われるからである。そして本箇所の場合において，文脈確認によって得られるものは，とりわけ多い。

　　77-81：
　　　εἰ δ' ἐτύμως ὑπὸ Κυλλά-
　　　　νας ὄρος, Ἁγησία, μάτρωες ἄνδρες

　　　ναιετάοντες ἐδώρη-
　　　　σαν θεῶν κάρυκα λιταῖς θυσίαις
　　　πολλὰ δὴ πολλαῖσιν Ἑρμᾶν εὐσεβέως,
　　　ὃς ἀγῶνας ἔχει μοῖράν τ' ἀέθλων,
80　Ἀρκαδίαν τ' εὐάνορα τιμᾷ·
　　　　κεῖνος, ὦ παῖ Σωστράτου,

---

21) Dover, 194. ('[U]nless we fail to make sense of *O.* 6.82 ff. by translating δόξαν as 'reputation' we need not consider the many interpretations which translate it otherwise.') さらに，cf. Hutchinson, *Lyric,* 410。

σὺν βαρυγδούπῳ πατρὶ κραίνει σέθεν εὐτυχίαν.

もし本当に，ハーゲーシアースよ，あなたの母方の男たちが（アルカディアの）キュッレーナーの山麓にて住まい，神々の伝令たるヘルメース神に祈りと犠牲ともども幾度となく敬虔に捧げ物をしてきたのであるなら，そしてヘルメース神は競技を司り，賞品を分配され，そして立派な男たちに賑わうアルカディアを大事にされる方であるからには，このヘルメース神こそがあなたの成功を，ソーストラトスの子よ，雷鳴轟かせる父神とともに成就させた方である。

　本箇所直前の文脈については，誤解の余地はないであろう。神話部の終結に直接続く部分である。そこには一貫して，勝利者の祖先たるアルカディア人たちへの称賛がみられ，その中でもとりわけ，77行以下，εἰ δ(έ) によって構成され81行にまで至る，大きな条件文は注目に値する。この条件文の含むところは，祝勝歌の慣わしに親しんでいる聴衆にとっては，疑いようのないところであったと思われる。
　祝勝歌における，εἰ δέ，もしくはasyndetonによる εἰ で括られる条件文がおりなす物言いについては，既にBundyが示すところである[22]。すなわち，前文において，形式上は一般論として称賛の対象を描写しつつも，実質上，被称賛者そのものの特質を挙げ，それを受けて後文において賛美の必要性を強調するという，その言葉づかいである。

　　I. 5.22-25：

　　　εἰ δὲ τέτραπται
　　θεοδότων ἔργων κέλευθον ἂν καθαράν,
　　μὴ φθόνει κόμπον τὸν ἐοικότ' ἀοιδᾷ
　　κιρνάμεν ἀντὶ πόνων.

　　もし誰か人が，神の助けを得て事をなすという輝かしい道を進

---

22) Bundy, *Studia*, 54-57.

むならば，労苦に報いてふさわしい大言壮語を<u>歌に混ぜ込む</u>ことを，<u>決して渋ることのないように</u>。

同じ用法は，本歌そのものにも見られる。

O. 6.4-7：

    εἰ δ' εἴ-
 η μὲν Ὀλυμπιονίκας,
5 βωμῷ τε μαντείῳ ταμίας Διὸς ἐν Πίσᾳ,
 συνοικιστήρ τε τᾶν κλεινᾶν Συρακοσ-
  σᾶν, <u>τίνα κεν φύγοι ὕμνον</u>
 κεῖνος ἀνήρ, ἐπικύρσαις
 ἀφθόνων ἀστῶν ἐν ἱμερταῖς ἀοιδαῖς;

<u>もし誰か人が</u>，オリュンピア競技会で勝利を収め，ピサーでゼウス神の祭壇を司る者であり，そして同時に名高きシュラークーサイの創建に貢献した者であるとしたら，<u>そのような男はいかなる賛歌を免れるというのか</u>，心地よい歌声のなかで称賛惜しまぬ町人たちに出会うことになる以上は。

本歌77-81行に見られる一文は，聴衆がこの技法を知っていることを前提としたバリエーションと呼ぶことができる。ここにあるのは一般論の前文ではなく，その点において上述の用法とは異なるものとなる。しかしながら，εἰ δέ の文において，その前文で称えられるべき特質が列挙され，後文で称えることの必要性へと話題が至るものだという，そのことを知っていればこそ，この文は十全に意味を持ち得よう。εἰ δέ の条件文は，称賛される者の特質を表し，また称賛の必要性を示す。ここでは，勝利者に呼びかける形で，勝利者の祖先の優れた特質を称えつつ，さらに土地の神を称えることが促されているのである。

 土地の神々の賛美への勧奨もまた，驚くべきものではない。この一文は，文法上の形式としては，勝利者以外の対象へと賛美を促すものでありながら，同時に Ἀγησία, παῖ Σωστράτου, σέθεν と，勝利者を名指し

し，父の名を挙げ，二人称で呼びかけるという，勝利者賛美のクライマックスを構成しているのである[23]。このような重層的な賛美，すなわち，勝利者の賛美を含みつつ，同時に形式および内実において勝利者以外の者をも賛美し，しかもその賛美へと促されるのが勝利者自身であるという，この手法もまた，ピンダロス祝勝歌に類例を見出すことができるものである。

P. 5.23-26：

τῷ σε μὴ λαθέτω,
Κυράνᾳ γλυκὺν ἀμφὶ κᾶ-
ποv Ἀφροδίτας ἀειδόμενον,
25 παντὶ μὲν θεὸν αἴτιον ὑπερτιθέμεν,
φιλεῖν δὲ Κάρρωτον ἔξοχ' ἑταίρων·

それゆえ忘れることなかれ，あなたがキュレーネーはアプロディーテー神の麗しい園にて歌声に包まれるとき，片や全てを神のおかげと考えるよう，他方また僚友の中でもとりわけカッロートスを大切に扱うよう。

『ピューティア第5歌』23行以下では，二人称代名詞 σε と呼びかける勝利者アルケシラースに対して，「歌声に包まれ ἀειδόμενον」と彼自身が賛美の対象であることを強調しつつも，形式的にはアプロディーテーと御者カッロートスの称讃を促している。そしてこの後には，実に15行以上にわたるカッロートス賛美が引き出され，最終的に43-44行「それゆえ熱心な心をもって恩人を迎えるのがふさわしい」で完結する輪構造が構成されることになるのである。

対するに『オリュンピア第6歌』77行以下では，勝利者ハーゲーシダーモスに呼びかけつつ，祖先の称讃が行われ，土地の神への感謝が促される。そしてこの歌において当該箇所は，祖先賛美の大きな輪構造，すなわち神話部をはさむ輪構造の，開始部ではなく完結部にあたるものと

---

23) Cf. Bundy, *Studia*, 5 n. 18: 'name cap', 'pronominal cap', 'pronominal name cap'.

なる。

24-28:

ἵκωμαί τε πρὸς ἀνδρῶν
25 καὶ γένος· κεῖναι γὰρ ἐξ ἀλ-
λᾶν ὁδὸν ἁγεμονεῦσαι
ταύταν ἐπίστανται, στεφάνους ἐν Ὀλυμπίᾳ
ἐπεὶ δέξαντο· χρὴ τοίνυν πύλας ὕ-
μνων ἀναπιτνάμεν αὐταῖς·
πρὸς Πιτάναν δὲ παρ' Εὐρώ-
τα πόρον δεῖ σάμερον ἐλθεῖν ἐν ὥρᾳ·

私は男たちの一族のところへと行こうとするのだ。何しろかの騾馬たちこそは，他に越えてこの道を進むすべを心得ているのだ，オリュンピアで花冠を受けたからには。さすればこそ，この騾馬たちのために賛歌の門を開け放たねばならない。ピタナーへと，エウロータースの水路へと，今日この時に，行かねばならない。

ここで示された，祖先たち（24-25 πρὸς ἀνδρῶν καὶ γένος）を称える仮想の旅路（24 ἵκωμαί, 28 δεῖ ... ἐλθεῖν）は，スパルタ（28-29 Πιτάνα ... ἄ τοι）からオリュンピア（64 πέτραν ἀλίβατον Κρονίου）を経て最終的にアルカディア（77 ὑπὸ Κυλλάνας ὄρος）に至ったところにあり，輪構造を閉じるにあたって今一度，祖先の賛美がなされているのである。

　以上のように，問題となる箇所の前段へのつながりは，明快である。そこにおいては，祖先たるアルカディア人たちを称える神話部を終え，改めて祖先を称賛しているのであり，輪構造の完結部を形成している。それでは後段には，何があるのか。

*

85-87:

> πλάξιππον ἃ Θήβαν ἔτι-
> κτεν, τᾶς ἐρατεινὸν ὕδωρ
> πίομαι, ἀνδράσιν αἰχματαῖσι πλέκων
> ποικίλον ὕμνον.

「その方こそは,馬を駆るテーバーの母なるお方,そのテーバーのいとしき水をこそ私は飲もう,槍振るう男たちのために技芸多彩な賛歌を織りなしつつ」。この πίομαι に見られる祝勝の未来については,もはや注釈の必要はないであろう。ここにあるのは,まさに祝勝歌を歌う歌い手が,目下の歌を歌う様を描写し,また宣言する言葉づかいである。ποικίλον ὕμνον とは,今まさに歌われている,目下の歌そのものにほかならない。

ここで重要なのは,ἀνδράσιν αἰχματαῖσι の指し示すものである。「男たち」が指すのは,誰なのか。言い換えれば,称賛の言葉は,今まさに,誰にかけられんとしているのか。

ここで人は一般に,αἰχματαῖσι という語についてのホメーロスのパラレルを指摘するばかりで,ἀνδράσιν の指し示す対象については,素通りするか,本歌の勝利者たるハーゲーシアースを念頭に置いたもの,といった漠然とした解釈を示すのみである[24]。しかし祝勝の未来を用い,具体的に目下の歌に注目を促している本箇所において,被称賛者を指し示すために ἀνήρ という言葉を使いながら,漠然とした複数形を用いているとする解釈は,認めがたい[25]。祝勝歌において,歌い手が目下の歌を歌うさまを自ら描写しつつ,「男」と被称賛者を名指す時には,間違いなく単数形を期待すべきである[26]。

---

24) E.g.: 'qualis etiam Agesias' (Boeckh); 'suggesting [...] Hagesias's eminence as a leader in warfare' (Kirkwood, *Selections*); 'though formally general, especially suits Hagesias' (Hutchinson, *Lyric*).

25) ましてや,ここに祝勝の未来を認めながら,その対象を一般論ととる Hutchinson には,全く同意しがたい。

26) *O.* 7.15-16: εὐθυμάχαν ὄφρα πελώριον ἄνδρα ... / αἰνέσω, *O.* 9.12-14: οὔτοι χαμαιπετέων λόγων ἐφάψεαι, / ἀνδρὸς ἀμφὶ παλαίσμασιν φόρμιγγ᾽ ἐλελίζων / κλεινᾶς ἐξ Ὀπόεντος, *P.* 4.1-2: Σάμερον μὲν χρή σε παρ᾽ ἀνδρὶ φίλῳ / στᾶμεν. その他の例として,e.g. *N.* 1.20, *N.* 7.62, *I.* 6.18. 対するに明確な反対例となるのが,*O.* 7.8 と *P.* 3.66 である。しかし

しからば，賛美の文脈で使われる複数形 ἄνδρες とは，誰を指すのか。答えは一つである。それは，勝利者の一族ないし同胞市民の賛美であって，それには，本歌そのものの中に明確なパラレルがある[27]。

22-25：
 ὦ Φίντις, ἀλλὰ <u>ζεῦξον</u> ἤ-
  δη μοι σθένος ἡμιόνων,
 ᾇ τάχος, ὄφρα κελεύθῳ τ' ἐν καθαρᾷ
 <u>βάσομεν</u> ὄκχον, <u>ἵκωμαί</u> τε πρὸς <u>ἀνδρῶν</u>
 καὶ γένος·

ピンティスよ，さあ急いで力強き騾馬たちを軛にかけよ，開けた道を我々は車で<u>進もう</u>，そして私は<u>男たち</u>の一族のところへと<u>行こう</u>とするのだ。

この箇所と，さらに77行の μάτρωες ἄνδρες とをあわせてみるならば，86行の ἀνδράσιν αἰχματαῖσι を耳にして，それが勝利者の一族を念頭に置いたものであることを疑う者は，当時の聴衆の中にはいなかったはずである。

 しかしここで，本歌の特殊な事情が問題となる。すなわち，本歌の勝利者たるハーゲーシアースは「二つの錨」(101行) をもつ男なのであり，勝利者の一族は，二様である。ἀνδράσιν αἰχματαῖσι と言われた後，その直後には，歌い手自身への呼びかけのバリエーションとして，アイネアースへの「さあ歌え」という命令が続けられることになるが，その「歌え」が最終的に向けられる先は，どこに行き着くか。

前者は，1-6行における比喩の一般論から，13行の勝利者そのものへと至る，その焦点化の過程にあり，意図的に一般論が用いられているものである。また後者は，非現実条件文の中で使われていることが事情を大きく変えている。なお，ここで一人称・二人称が等しく，歌い手の自己言及として扱われていることについては，本書第1章第1節後半部を参照せよ。

 27) その他の例として，e.g. O. 13.23, P. 8.28, N. 9.33。もう一つ別の用法として，歌い手たる合唱団をイメージさせる用法があるが，これが本箇所にあてはまらないことは，明白であろう：e.g. O. 1.17, P. 5.22, P. 10.6。

92-97：

 εἶπον δὲ μεμνᾶσθαι Συρα-
  κοσσᾶν τε καὶ Ὀρτυγίας·
 τὰν Ἱέρων καθαρῷ σκάπτῳ διέπων,
 ἄρτια μηδόμενος, φοινικόπεζαν
95 ἀμφέπει Δάματρα λευκίπ-
  που τε θυγατρὸς ἑορτάν
 καὶ Ζηνὸς Αἰτναίου κράτος. <u>ἁδύλογοι δέ νιν</u>
 <u>λύραι μολπαί τε γινώσκοντι.</u>

 <u>シュラークーサイとオルテュギアーの名を挙げるように命ぜよ。</u>このオルテュギアーこそは，ヒエローンが非の打ち所ない王笏を振るい的確なる配慮をもって治めるところ，紅の足のデーメーテール神と，白馬連れる娘御と，またアイトナーを護りたまう力強きゼウス神を敬っている。<u>そして言葉美しい竪琴と歌がこの地を認めている。</u>

 ここで，ハーゲーシアースのもう一つの祖国が，固有名詞で名指され称えられ，一つのクライマックスが達成されることになる。そしてそれは96行 νιν の一文をもって完結する，シュラークーサイ賛美部を形作る[28]。
 ここで竪琴と歌声への言及（96-97行）を耳にするとき，祝勝歌の慣わしを体得している聴衆は，86行の αἰχματαῖσι との間で，一つの輪構造が閉じられたことを感じ取ったはずである。何となれば，先の「槍振るう男たち」という称賛の言葉は，もう一つの，対となるべき言葉を必要としていたからである。すなわち，祖国を賛美する時，戦争における卓越性の賛美は，文芸におけるそれと，相補の関係にある[29]。

 O. 13.22-23：

  ἐν δὲ <u>Μοῖσ᾽ ἁδύπνοος,</u>

---

28) 96行の νιν は，文脈からも内容からも，93行のヒエローンではなく，92行のオルテュギアーを指すと解すべきである：cf. Friis Johansen, Hutchinson, *Lyric,* ad loc.
29) 武力と文芸の相補性については，Bundy, *Studia,* 24-26 を参照せよ。

第3章 『オリュンピア第6歌』82-84行

ἐν δ' Ἄρης ἀνθεῖ νέων οὐλίαις αἰχμαῖσιν ἀνδρῶν.

そこでは甘い息吹のムーサ神が栄え，またそこでは若者たちの恐るべき槍とともにアレース神が栄える。

N. 7.9-10：

πόλιν γὰρ φιλόμολπον οἰκεῖ δορικτύπων
Αἰακιδᾶν·

というのも彼は，槍音響かせるアイアコスの末裔の，歌声愛する町に住まうからである。

O. 11.17-19：

ὔμμιν, ὦ Μοῖσαι, φυγόξεινον στρατόν
μήτ' ἀπείρατον καλῶν
ἀκρόσοφόν τε καὶ αἰχματᾶν ἀφίξε-
σθαι.

ムーサの女神方，あなた方は客人を大いに歓待する人々のところへと，立派な事々によく通じている人々，(詩歌にかけては)極めて賢く，そして戦士でもある人々のところへと来られることになると（私は約束する）。

　かくして，問題となる箇所の前後の文脈は，明らかとなる。前段においては，神話部を終えて，改めて祖先を称賛しているのであり，神話部直前との間で輪構造を完結している。対するに後段では，祖国たるシュラークーサイの人々を称えんとする祝勝の未来が使われ，ἀνδράσιν αἰχματαῖσι「槍振るう男たち」で開かれた輪構造が，λύραι μολπαί τε「竪琴と歌」と閉じられることになるのである。82行は，アルカディアからシュラークーサイへと賛美の対象が移行する，その結節点にあることが確認できる。

III

かくのごとく文脈を確認した上で，本箇所の措辞に目を向けるとき，その言葉づかいのパラレルは，容易に見つかるであろう。注目すべきは，話題の移行の結節点にあり，asyndeton が使用され，一人称単数表現を含み，かつ不定代名詞 τις を用いて思わせぶりな表現が用いられているという，それらの点である。

P. 4.247-249：

μακρά μοι νεῖσθαι κατ' ἀμαξιτόν· ὥρα
  γὰρ συνάπτει· καί τινα
οἶμον ἴσαμι βραχύν· πολ-
  λοῖσι δ' ἄγημαι σοφίας ἑτέροις.
κτεῖνε μὲν [...]

だがしかし（歌の）この街道を進むのは長すぎる道である。何となれば時が迫っているのだ。かつ私はとある近道を知っている。そして私は（歌の）技芸において他の多くの者たちの前を行く。（話とはつまり）まず殺めたのが ［……］

断絶形式の典型例として，長大な神話の流れを一時中断し，より短い道を進まんとする，この『ピューティア第4歌』247行以下には，明確な共通点を見出すことができる。そこには一人称単数表現が含まれ，「進むには長すぎる道だ」と asyndeton の使用による断絶の強調があり，「私はとある道を知っている」と不定代名詞が用いられている[30]。そして思わせぶりに言及された「とある道」は，直後に κτεῖνε μὲν とさらなる asyndeton で敷延されることになるのである[31]。

---

30) さらに ἄγημαι σοφίας に見られる歌い手自身の技芸への言及も，注目されるべきであろう。

31) この小辞 μέν は後方照応であって，asyndeton を解消するものではないことに注

あるいは，文法的な形式は若干異なるものの，言葉づかいの相似から，以下の例も参考になる。

P. 9.103-105：

ἐμὲ δ' οὖν τις ἀοιδᾶν
δίψαν ἀκειόμενον πράσσει χρέος, αὖτις ἐγεῖραι
καὶ παλαιὰν δόξαν ἑῶν προγόνων·
οἷοι [...]

しかしまた私はといえば，歌の渇望を癒す私から誰かが負債を取り立てるのだ，かの者の祖先の古の名声をもまた再び目覚めさせるようにと。すなわち彼らこそは，[……]

勝利者テレシクラテースの直接賛美から，その祖先の称賛へと話題を移す『ピューティア第9歌』103行以下においては，asyndeton は使用されず，不定代名詞の文法的な使用法も異なるものの，その大意と措辞は共通している。すなわち，「誰かが私から負債を取り立てる」と思わせぶりに不定代名詞を使用しつつ，「再び古の名声を目覚めさせるべく」と称賛の対象を転換するのであって，さらにここから，οἷοι 以下，暗示されたものについての具体的な言及に入ってゆくことになるのである。

これらの例を確認するとき，Hutchinson を最後まで悩ませた τις の用法[32]は，明らかなものとなろう。この不定代名詞はしばしば，話題となるものを先に漠然とした形で提示し，続く説明の導入となるものなのである[33]。一つの称賛がクライマックスを見た直後に，asyndeton で断

意せよ。Cf. Braswell, P. 4, ad loc.

[32] Hutchinson, Lyric, 411-412。とりわけ注意すべきは，Dover, 195 の指摘の通り，meiosis としての τις は，エウリーピデース以前には認めがたいことである（ただし不可能というわけではない。ややニュアンスは異なることになるが，N. 1.13 σπεῖρέ νυν ἀγλαΐαν τινὰ νάσῳ について，これを 'quasi-apologetic' と名づける Carey, Five Odes, ad loc. を，Braswell, N. 1, ad loc. とともに参照せよ）。結果として Hutchinson は，この不定代名詞の解釈に大いなる難点を見て，最終的に二人称代名詞 τίν もしくは小辞 τοι に修正することを提案するに至った。

[33] 他の例としては，O. 7.45（48 γάρ による説明部分を導く），O. 8.77（同じく，81 δέ），N. 9.6（直後の不定詞句）。これは Dover が informative（195）と呼んだ用法の一つと

絶を明確にしつつ「私はとある名声を舌の上に乗せている」と表現されるのを聞く時，聴衆が期待するのは，今まで聞いていた名声とは別の，次に歌われるべき名声への話題転換であろう。名声は，私の名声ではない。称えられるべき名声である[34]。そして漠然と言及されたその名声は，直後83行の関係代名詞で敷延されることになるのである。

しかしここまで文脈を確認してもなお，ἀκόνα の比喩の含意は，特定困難と言わざるを得ない。何となれば，Hutchinson も悩むように，砥石にかけられるものが何であるのか，二通りに考えられるからである。片や，舌が砥石にかけられ，私が歌を歌うことへと駆り立てられるという，従来一般的に考えられてきた解釈であり，片や，Hutchinson の主張する，舌そのものが砥石なのであって，もって名声を，歌われるべき歌を砥石にかけ，駆り立てて発することになるという，その考えである。さらにこの ἀκόνα については，いずれにせよ写本の読みの修正が必要であることが，問題を複雑にする[35]。我々はもう少し，外堀を埋めるべきであろう。

関係文中の動詞 προσέρπει とその別読 προσέλκει の採択については，その優劣は明らかである。Farnell 以来，再三繰り返される論点となるが，文法においても[36]，措辞においても[37]，そして意味内容においても[38]，後者の優位性ははっきりしている。唯一にして最大の欠点が，写本の読みでないことにあるわけだが[39]，γραφέται として明記され[40]，か

言えるが，むしろ，McDiarmid の言う 'introductory' (371 n. 15) という呼び名のほうが，適切かもしれない。いずれにせよ，この不定代名詞の存在が，83行の関係代名詞 ἅ をして，他の候補を越えて δόξαν を先行詞にとることを可能ならしめていると言える。

34) Hutchinson, *Lyric*, ad loc. は，本研究とは違う道筋を辿りながら，同じ結論に達する。

35) 写本の読み γλώσσᾳ ἀκόνας λιγυρᾶς は hiatus を含み，何らかの修正を必要とする。Snell-Maehler の読みは Bergk の語順入れ換えを採用したものである。単なる transposition の問題と言えばそれまでだが，より深刻な間違いの残渣と疑えないこともない。

36) προσέρπει が対格を取ることは，不可能ではないが望ましくない。

37) μ' ἐθέλοντα との意味的な対比が明確となる。

38) Dover, 196 の指摘するところであるが，歌の題材が歌い手のところへとやって来ることはない。歌い手が，歌の題材へと向かうのである。*O*. 6.24 および *I*. 4.3 を見よ。

39) もっとも，仮に προσέλκει が上述の根拠とともに純粋な emendation として提案されたとしても，それは十分な説得力をもったであろう。

40) Snell-Maehler の校訂註は，過度に省略的である。Turyn を参照せよ：προσέλκει G^{γρ}H^{γρ} Tricl., προσέλκοι E^{γρ}。

第3章 『オリュンピア第6歌』82-84行

ついくつかのスコリアのパラフレーズにおいて前提とされている[41]のである。もはや，極度の保守主義を自任しない限り，προσέλκει を採用することは当然のことであろう[42]。

　より大きな問題となるのが，83行 καλλιρόαισι πνοαῖς の語義である。πνοή という単語が限定なしに使われているとき，どこまでを意味し得るのか。まずもって82行の中に，この単語にふさわしいものは存在しない。強いて言うならば，καλλιρόαισι の中に含まれる水の流れの要素と，詩歌を比喩的に水の流れとして表現するパラレル[43]とを，結びつけることになろう。しかし，πνοαί は水の流れではない。空気のそれである。そこで，この語が笛の音を表しているパラレル[44]を指摘することになるわけだが，Pavese が強調するとおり[45]，無限定に提示された πνοαί がこの意味を持ち得るとするのは，少なからぬ無理がある。もちろん，歌そのものへと言及する文脈が許すのだ，と言ってしまえばそれまでかもしれない。大胆な比喩の連続として，多少舌足らずに表現していると考えることも可能であろう[46]。

　しかしここに καλλιρόαισι という水を意識させる形容詞がある以上，それに最もふさわしい存在として，ステュンパロスの泉の女神，メトーパーを考えることは，当然の結びつきであろう。πνοαῖς の後のピリオドを削除して，動詞 προσέλκει の主語を84行に見るべきとする Pavese の主張は，十分に説得的である[47]。それは同時に，84行における大きな違和感，すなわち asyndeton による三人称平叙文という困難をも解消するものとなる[48]。

---

41) Σ 142a προσάγει, 144c προσέλκεταί με ἡ Μετώπη ὑμνεῖν σε, 144d ἕλκεταί με ἡ Μετώπη Ἀρκὰς οὖσα, 144g ἡ Μετώπη [...] προσέλκει με ἑκόντα ἐν καλλιρόοις πνοαῖς, ἤγουν πρὸς τὸ αὐλεῖν καὶ ὑμνεῖν.

42) Cf. Hutchinson, *Lyric*, Pavese; pace Ruck, Kirkwood, *Selections*, Hummel, § 100, Race, *Loeb*.

43) E.g. *N.* 7.11-12 μελίφρον' αἰτίαν / ῥοαῖσι Μοισᾶν ἐνέβαλε. さらに Nünlist, 178-205 を参照せよ。

44) E.g. *N.* 3.79 πόμ' ἀοίδιμον Αἰολίσσιν ἐν πνοαῖσιν αὐλῶν, E. *Or.* 145, Ar. *Ra.* 313.

45) Pavese, 307.

46) Hutchinson, *Lyric*, ad loc. は，これを 'almost amorous attraction [...] flowing in the air' と説明するだけで良しとする。

47) あわせて，動詞を προσέλκει と読むスコリアのパラフレーズ（註41参照）を見よ。

48) Hutchinson, *Lyric*, 412 はこの asyndeton について，*N.* 7.61 をパラレルに，歌い

しかしながら，Pavese の試みは，一方で πνοαῖς の問題を解決しながらも，もう一方で重大な難点を引き起こす。84行の asyndeton は解消されたが，逆に83行でそれが生じるのである。asyndeton のみならば，文脈の解釈から説明も可能だったかもしれない。より深刻なことに，83行の ἅ，指示代名詞もしくは冠詞と考えることになるこの語が，説明不可能となる。文頭にこの指示代名詞（もしくは冠詞）が使用され，それが直接的にかかる名詞が文末まで伏せられる例として，Pavese はいくつかのパラレルを提出する[49]が，それらは全て ὁ δέ で文が始められるものであり，本箇所に生じる asyndeton を説明しない。逆に asyndeton とともに用いられる例として挙げられる例は全て，指示代名詞といえども前方照応型であって，単に独立性の高い関係代名詞である[50]。これらの違いは本質的なものであり，また直感的にも当然のことである。83行で ἅ と言われた代名詞は，何らかの形でそうでないことが明示されない限り，直前の女性名詞を受けるのが当然である[51]。83行に asyndeton を認めつつ，同時に主語の転換を読み込むことは，無理なギリシャ語である[52]。

　すなわちここで Pavese は，さらにもう一歩踏み込むことが必要だっ

手の自己描写の一つの技法として説明を試みている。なるほど確かに83行末尾に文末を認める限り，そのような説明が最適であろう。しかしながら，この例と異なって O. 6.84 では動詞が明示されていないという，その差は大きい。直感的に呼格と感じられるこの ματρομάτωρ ἐμά Στυμφαλίς について，もし仮に85行以下の関係文がなかったなら，いかなる研究者もこれを三人称平叙文と読むことはなかっただろうと容易に想像できる（85行の動詞を ἔτικτες と二人称に読みかえる Bergk, *PLG*³ の修正提案は，その気持ちを実によく代弁してくれるものである）。

49) Pavese, 308 n. 3 (*O.* 10.43, *P.* 8.48, *N.* 5.34, *N.* 9.24, fr. 128f). さらに，冠詞と名詞の間に多くの語句が入る例について，Slater, *Lexicon*, s.v. ὅ, C. 2. d を見よ。

50) Pavese, 308 n. 4 (*P.* 5.39, *N.* 4.9). さらに，asyndeton とともに用いられる例について，Slater, *Lexicon*, s.v. ὅ, B. 2 を見よ。

51) ὁ δέ は最も典型的な仕方で，主語の転換を示す構文であることに注意せよ。asyndeton とともに用いられる例として，パラレルとなりうるのは O. 13.18 であるが，そこにおいても，ταὶ Διωνύσου と即座に修飾語をかけて意味を限定していることに注意すべきである。最終的な名詞の登場自体が遅れる場合，何らかの形で即座に意味範囲を限定することは必須である。構文は異なるものの，同じような意味限定の例として，N. 3.1-3 を参照せよ (Ὦ πότνια Μοῖσα ... / τὰν πολυξέναν ... / ἵκεο ... Αἴγιναν)。

52) 読みは προσέρπει を採るものの，やはりその主語をメトーパーに見出そうとする Beattie が，最終的にこの ἅ を ἀλλ' と修正せざるを得なかったのは，至極当然の言語感覚である。

たのである。そもそもここで「私」はどこに引かれてゆくのか。それは，女神メトーパーの息吹へとなのか。意味内容を考えるならばむしろ，「私」は，女神のその美しい息吹でもって，歌うべき名声へと，引き寄せられているのではないのか。そしてこの解釈は，最低限の修正でもって成立する。関係代名詞 ἅ を ᾇ と修正する L. Schmidt の修正読み[53]こそが，最も適切な読みと評価できよう[54]。女神メトーパーは，美しい流れより発するその息吹のもと，歌い手を，歌うべき名声へと，引き寄せてゆくのである。

*

以上の点を受けて，改めて本文を示せば，以下の通りとなる。

82-84:
δόξαν ἔχω τιν' ἐπὶ †γλώσσᾳ ἀκόνας λιγυρᾶς,†
ᾇ μ' ἐθέλοντα προσέλκει καλλιρόαισι πνοαῖς
ματρομάτωρ ἐμὰ Στυμφαλίς, εὐανθὴς Μετώπα,

いよいよ，最後の問題にとりかからなくてはならないであろう。ἀκόνα が研ごうとしているものが，舌なのか（「一つの名声という砥石が，私の舌の上にある」），それとも名声なのか（「私の舌という砥石の上に，一つの名声がのっている」）。砥石にかかるべきものが，その上にではなく下にあるというのはイメージとして成立しがたい，とする Hutchinson の指摘は，実にもっともではあるものの，あくまでも一つの論拠に過ぎず，それも強いものとは言いがたい。そしてどちらの説をとるにしても写本

---

53) Schmidt, 275 n. 1. もっともそこでは特に議論もなく，単に，Σ 142a-b のパラフレーズに従って動詞を προσέλκει と読み，意味関係を明確にするため関係代名詞を与格に修正する，と述べられるだけである。なお，蛇足ながら確認しておけば，本箇所における修正読みならびに句読点の変更は，δόξα をめぐる語義解釈の問題とは独立した問題であり，その語義を「名声」と認めるに際してこれらの修正が必須となるわけではないことに注意せよ。

54) iota subscriptum の欠落については，cf. Douglas Young, 265。結果として，(83) ᾇ... (85)... ἆ... τᾶς と，関係文が重層的に続くことになる点については，O. 3.9-16（τᾶς... ᾧ τινι... τάν...）を，そして用法の異なる二つの与格の並列（ᾇ ... πνοαῖς）については，O. 9. 83-84（προξενίᾳ δ' ἀρετᾷ τ' ... μίτραις）を参照せよ。

の読みの修正は必要なのであり[55]，またどちらをとるにしても，祝勝歌にそのパラレルを求めることができよう。

名声が砥石であるのならば，歌い手が称賛へと駆り立てられることが強調点となる。名声は歌を要求するものであり，偉大なる行いを前にして，歌い手には称賛を歌う責務があるのだという，χρέος-motif の言葉ということになるであろう[56]。

対するに，舌が砥石そのものであるのなら，そこにある強調は，歌い手の口から発せられんとする称賛の言葉の，その強さと潤沢であり，同時にまた歌い手の歌わんとする意気込みであろう。ἑκών-motif あるいは εὐμηχανία-motif のバリエーションと言えようか。

I. 5.46-48：

πολλὰ μὲν ἀρτιεπής
γλῶσσά μοι τοξεύματ' ἔχει περὶ κείνων
κελαδέσαι·

言葉確かな我が舌は，かの者たちを称えあげるに多くの矢を持っている。

O. 2.83-84：

πολλά μοι ὑπ'
ἀγκῶνος ὠκέα βέλη
ἔνδον ἐντὶ φαρέτρας

---

55) hiatus の解消が必要である。前者ならば Snell-Maehler の読みのとおり，γλώσσᾳ λιγυρᾶς ἀκόνας（Bergk）が最も適切であろう。後者の場合，同様に読んだ上で，砥石の属格を舌に同格的にかけることも可能であるが，しかし，γλώσσας ἀκόνα λιγυρᾷ（dubitanter Hutchinson）のほうがより明確であるように思われる。語順入れ換えと，格変化語尾と，どちらが写本の間違えとして蓋然性が高いと判断するかの問題にもなろう。ところで Hutchinson, Lyric, 411 は，ピンダロス写本において，語順の間違いはそれほど多いものではないと主張しているが，対するに Douglas Young, 256 は，この種の過ちとして十分な量を報告してくれているように見える（全写本が間違える例としては，P. 4.280, 5.23, 6.44, 8.97; N. 6.27, 7.43, 8.31; I. 4.70, 73, 7.8）。

56) P. 7.13-14 ἄγοντι δέ με πέντε μὲν Ἰσθμοῖ νῖκαι, P. 10.4 ἀλλά με Πυθώ τε καὶ τὸ Πελινναῖον ἀπύει, N. 4.79-81 εἰ δέ τοι / μάτρῳ μ' ἔτι Καλλικλεῖ κελεύεις / στάλαν θέμεν Παρίου λίθου λευκοτέραν.

我が掌中，箙の中には<u>素早い矢が数多く</u>ある。

いずれにせよ表現としては成立し，またいずれにせよ大胆な比喩を含むものとなる。ここまで問題が煮詰められてこそ初めて，ピンダロスの比喩についての，Gildersleeve の言葉を我々は思い出すべきであろう：「ギリシャ語において，舌の扱われ方は幅広い」[57]。そこに集められたパラレルに，さらにあわせて Pearson の集めるところの，ギリシャ文学全体にわたるその比喩表現の広がりに目を配りつつ[58]，我々は判断することになる。いたずらに「大胆な比喩」についての審美眼を競うことへと回帰するのではない。比喩の範囲を明確にしたうえで，あくまでも古典パラレルに根ざしつつ，以下のように結論づけるのである。すなわち，大胆な比喩表現は，「名声」よりも「舌」にこそふさわしい。さらに砥石が舌とより強く結びつくことは，語順と，transferred epithet としての λιγυρά によって補強され，そして最後には Hutchinson の言うとおり，砥石にかかるべきものがその上と下と，どちらにあるのが良いかという論点も援用できよう。どちらのイメージも十分に成立するとしたうえで，本研究がより確からしいと判断するのは，砥石とは我が舌そのものを表し，その上に名声が今かからんとしているとする解釈である。

IV

82-84：
>   δόξαν ἔχω τιν' ἐπὶ γλώσσας ἀκόνᾳ λιγυρᾷ,
>   ᾅ μ' ἐθέλοντα προσέλκει καλλιρόαισι πνοαῖς
>   ματρομάτωρ ἐμὰ Στυμφαλίς, εὐανθὴς Μετώπα,

γλώσσᾳ ἀκόνας λιγυρᾶς : dubitanter Hutchinson ‖ ᾅ : L. Schmidt ‖ προσέρπει : προσέλκει G^{γρ}H^{γρ} Tricl., προσέλκοι E^{γρ}

---

[57] Gildersleeve, 179: 'the tongue is freely handled in Greek'.
[58] Pearson, 210.

「しかしながら今や私は，我が舌というこの音色冴え渡る砥石の上に，一つの名声をのせているのだ。その名声へと私を，美しい流れの息吹とともに惹きよせてゆくのは——それはまさに私の望むところ——，我が母の母なるステュンパロスの女神，花豊かなるメトーパー」。本箇所は，勝利者の祖先，アルカディアはステュンパロスの民を称える部分に続けて，asyndeton でもって話題の移行を示すものであり，以後に続くことになる，勝利者の祖国シュラークーサイの称賛を準備するものとなっている。そこにあらわれる砥石の比喩は，歌い手の発する歌の力強さ・豊富さを強調し，また δόξαν τιν(α) は続けて歌われることになる名声・栄誉を先取りしつつ，それを意図的に漠然と示すものである。そしてこれに続けて歌い手は，その名声へと引かれてゆく自己を，アルカディアの女神メトーパーとともに，描写することになるのである。

　この解釈を阻んできたものは，ひとえに，ピンダロスの言葉づかいについての先入観である。なるほど，ピンダロスは大胆な比喩を使う。しかしその評価と，言葉を正確に読むこととは，本来，相反するものではないはずである。にもかかわらず，多くの議論を呼んできたこの箇所について，かくも多くの，かくも優れた学者たちが，砥石と舌の比喩に目をくらまされ，かくもずさんな読解を再生産してきたのである。その事実を前に，我々は改めて肝に銘じなければならないであろう。ピンダロス祝勝歌全体にわたる再読は，未だ必要とされているのである。

　さらにもう一つ，注意すべきであろう。本章の提示する理解は，幾つかの点において大きな異議を唱えるものではあるものの，その解釈の骨子において，Hutchinson の理解を受けつぐものとなっている。しかし彼の論ずるところは，注釈書という形式がもたらす必然ゆえに，あまりに不足していた。ピンダロス祝勝歌の再読においては，注釈書という形では収まり切らないほどの議論を要する箇所が，今なお，多々あるのではないか。

第 4 章

『ピューティア第 2 歌』67 行以下[1]

I

　数あるピンダロスの祝勝歌の中でも，最も難解なものの一つとされてきた『ピューティア第 2 歌』であるが[2]，現在においては，研究の蓄積によりその難点の多くが解決されたと言えるだろう。ピンダロスの中傷者や競争相手，ヒエローン宮廷の具体的・歴史的状況，バッキュリデースの名等々といったものを，我々はもはやこの歌に見出す必要はない。いや，必要がないどころか，そのような読み込みが不適切であることを，我々は知っている。また，この歌がどの勝利を歌っているのか，あるいはそもそも本当に祝勝歌であったかどうかは，依然として証明されないままであるが，しかし「手紙詩」という解釈はそれ以上に根拠のないものである[3]。少なくとも，本歌が祝勝歌のジャンルに特有の約束事の多くを遵守していることを，我々は知っているのである。いくつかの細か

　1）　本章は，拙論，「ピンダロス・『ピューティア第二歌』結部の研究」（平成 8 年度東京大学大学院人文社会系研究科修士論文。その主張の骨子となる部分は，小池，「論述法」として公表された）に加筆・修正を施したものである。
　2）　E.g. Burnett, review of Bowra, 234: '[o]ne inevitably asks of a new book on Pindar, "what advance has been made with *Pythia* 2?"'
　3）　Cf. Young, 'Poetic Epistle', 31-33, 42-47. ただし，祝勝歌においてほぼ例外無く勝利の場所が冒頭で言及されること（例外は本歌を除くと *N.* 7 のみ，cf. Hamilton, 15），そして繰り返し見られる ἄγγελος のモチーフ（cf. *O.* 4.2-3, *N.* 4.73-75, *N.* 6.57-59）から考えるに，本歌で歌われる勝利は，3 行に言及されるテーバイのものであると判断すべきである（pace Young, 'Poetic Epistle', 43 et n. 35; cf. Carey, *Five Odes*, 21, Most, *Measures*, 64。さらに Currie, *Cult*, 259 は一歩踏み込んで，5 行の ᾇ を αἷς [= Θήβαις] と修正せよと論じる。前置詞 ἐν にふさわしいのは競技種目ではなく競技地であるという論点は有力であり，かつ修正も最小である点，説得的と言えよう。もっとも Currie は，*P.* 11.46 について説得的な別の修正読みを提出する義務を怠っていると言わなくてはならない）。

い点，殊に最終トリアスの一連の比喩については，その含意が汲み尽くせないままであるが，当時の文化そのものが失われている現在にあっては，その類の問題は永遠に推測の積み重ねにとどまらざるを得ない。かつての評判に反し本歌は，概して解明の域に達しつつあると言えるだろう[4]。

だが現在にあってなお，一つ無視できない問題が，未解決のままで残っているようである。それは最終トリアスの解釈の問題，とりわけ，その内容・主旨の理解よりもむしろ，本歌の中における位置づけの問題である。あのGildersleeveまでもが躓いた[5]最終トリアスであるが，その内容の理解については，上に述べたことがそのまま当てはまる。いやむしろこう言うべきであろう。すなわち，この箇所こそが本歌の難解さを担うものであり，この箇所の理解の進展が，本歌の理解の進展だったのであると。だが最終トリアスの，より正確に言うならば67行 χαῖρε 以下の部分の，本歌全体内での位置づけについてはどうあろうか。かつてLloyd-Jones はこう言っている：

> ここ［67行］で，ピンダロスは勝者の幸福を願う。「χαῖρε」と言うのである。この言葉は「御幸運を」と同時に「お元気で，さらば」をも意味する。同様の例として，ピンダロスは『ネメア第3歌』の結尾から10行を切ったところでアリストクレイデースに同じ挨拶をしているがゆえに，以下の論が成り立つのである。すなわち，歌の本当の終わりはここにあり，72-96行は<u>一種の付録</u>である，と。［……］『ネメア第3歌』の］鷲と烏の話は3，4行であり，［『ピューティア第2歌』の］真っ直ぐに物を言う者と虚言者の話は24行である。しかし両箇所の行数上の差異に，<u>特別な意味を見る必要はないと私は考える</u>[6]。

---

4) Cf. Bundy, *Studia*, Thummer, 'zweite pythische', Lloyd-Jones, 'Modern Interpretation', Carey, *Five Odes*, Most, *Measures*.

5) Gildersleeve, 255-256.

6) Lloyd-Jones, 'Modern Interpretation', 123（強調論者）。('At this point [sc. l. 67] Pindar wishes the victor well; he says χαῖρε. This word can mean 'Farewell' as well as 'Fare well', and since less than ten lines from the end of the Third Nemean Pindar similarly salutes Aristoclides, it has been argued that the real end of the ode comes here, and that ll. 72-96 are

第4章 『ピューティア第2歌』67行以下　　　101

茶目っ気たっぷりともとれるこの言明[7]を，字義通りにとって揚げ足を取るのは不当であるかもしれない。そもそもこの発言の意図は，別のところにある。念頭に置かれていたのは，Bundyの手法の実践であり，伝記主義との対決である。そのためには，個々の節が十分にパラレルのあるものであることを強調する必要があった。部分部分を切り出して'locus communis'のラベルを貼ってゆくことに，主眼が置かれていたのである[8]。しかしはっきりさせておかなければならない。3，4行と24行は，大きな違いがある。前者を単に「付録 appendix」ということが仮に可能だとしても，それをそのまま後者に当てはめることはできない。そしてより深刻なのは，「一種の付録」ということそれ自体によって，この箇所とそれに先立つ箇所とを論理的に接続する試みが放棄されているということである。'locus communis'の確認は，歌の個々の部分の含意を理解するために必要である。だがそれだけでは，祝勝歌の論理的な展開は提示されない。

前3章に対してやや大きな文脈を扱うことになる本章の，その目標とするところは以下の点にある。すなわち，『ピューティア第2歌』の67行 χαῖρε 以下の部分を歌の論述の連鎖の中に位置づけること，この箇所がそれに先立つ部分と連結しうるのか，するとすればそれはいかにして連結するのかを読み解くことである。

*

Mostの研究[9]は，現在における本歌の最も綿密な研究といえる。最終トリアスの位置づけについても，真正面から取り組んでいるものである。Mostは言う：

---

a kind of appendix. [...] The eagle and the daws [sc. in Third Nemean] occupy three or four lines, the straight speaker and the deceivers [sc. in Second Pythian] twenty-four; but *I do not think that the difference in length between the two passages need be specially significant.*')

7) 彼はあくまで洒落を言いたかったようである。正確を期して言うならば，『ネメア第3歌』の χαῖρε は歌の最後から9行目に，『ピューティア第2歌』のそれは30行目にある。なお『ネメア第3歌』ではストロペー一つが5行である。ストロペー一つをまるまる 'appendix' とする解釈にも疑問を禁じ得ないが，それはまた別の話である。

8) Lloyd-Jones, 'Modern Interpretation', 117, 125-127.
9) Most, *Measures*, 60-132.

第3エポードスをもって歌が終わらずに，まるまる第4トリアスに渡って続くこと，その点にこそ『ピューティア第2歌』の汚名は存する[10]。

Lloyd-Jones が端的に示したように，この問題に関しては，67行の χαῖρε の位置づけの問題が決定的な要素となることは間違いない。終わりを強く予想させる χαῖρε のあとに，なぜ「3，4行」ではなく，「24行」が続きうるのか。この問いに答えることが必要である。では Most は果たして，本歌の「汚名」を十分に返上できたのであろうか。残念ながら，我々は否と言わざるを得ないであろう。だが Most の論ずるところを見る前に，幾つかの重要と思われる先行論を見ておこう。

χαῖρε を「手紙の χαῖρε」と考え，それに続く部分を「追伸」であるとする解釈[11]については，改めて否定する必要はないであろう。第一に「手紙の χαῖρε」は手紙の冒頭部分でしか使用できない[12]。第二に，そもそもこの解釈は，本歌が「手紙詩」であるという無根拠かつ蓋然性の低い解釈に基づいてのみ，意味を持ちうるものである[13]。

Carey によれば，この χαῖρε は「『万歳』という挨拶の形式」であり，それは「歌の新たな始まり a fresh beginning」をしるすものだという[14]。興味深い論ではあるが，新説を立てるにはあまりにも説明不足である。そこに挙げられる4つのパラレルのうち3者はいずれも歌い手が自らに呼びかけて「さあ歌え」という類のものであり[15]，残る1つは本箇所との表現上の差異が大きく[16]，いずれにせよ本箇所の χαῖρε との隔たりは大きい[17]。さらに，仮に祝勝歌において「新たな始まり」というトポスがあると主張したいならば，それがいかなる性質のものなのか，どのよ

---

10) Most, *Measures*, 96. ('The scandal of the Second Pythian is that the poem does not in fact conclude with the third epode, but instead continues for a whole fourth triad.')
11) Farnell, 126-127.
12) Cf. Most, *Measures*, 96 et n. 2.
13) Cf. Young, 'Poetic Epistle', 31-33.
14) Carey, *Five Odes,* ad loc.
15) *O.* 2.89ff., *N.* 4.44ff., *N.* 7.80ff. そこに見られる二人称表現については，本書第1章第1節を参照せよ。
16) *P.* 9.103ff.
17) あるいは，χαῖρε を自らに対する呼びかけととりたいのだろうか。

うな位置に出現し，その前後はどのような内容となるのか，そしてそれは当該箇所においてどのように具現しているのか，といった問題に，答えなければならないであろう。一見したところパラレルのように見えるものを幾つか挙げて，それらを括って恣意的な名前を与え，祝勝歌の約束事の一つであるとみなし，その先の説明を放棄すること。これではまさに，Bundy 直後の時期に反対論者たちがこぞって非難しようとした，Bundy の手法の欠点と称されるものを，そのまま地で行くものとなってしまうであろう。

最終トリアスを本歌全体内で位置づけるという作業を，ある意味では Most 以上に丁寧に行っているのは，時期的に Lloyd-Jones と相前後する Thummer である[18]。その論ずるところによれば，なるほど最終トリアスがなければ，それはそれで立派な祝勝歌となったであろう。だが，そこには一つの重要なテーマが欠けていることになる。すなわち，「詩人自身およびその技芸に対する称賛」のテーマである。ここに必要なのは，「我が言葉は真なり」という表明である。それが最終トリアスに表されているはずである。χαῖρε はヒエローンの称賛部に別れを告げるに過ぎない。詩人は自らの歌に目を向け，さらにヒエローンに「我が歌からあなた自身を知れ」という。これに続いて，この歌がいかに真実のものであるかという言明が来るのは自然なことである。Thummer の論ずるところは，以上のようなものである。

この論の解釈の難点は，以下の二点に集約できよう。第一に，多くの解釈者を悩ませてきた χαῖρε の問題が十分に論じられていないことである。全体解釈を前提にしてその帰結を χαῖρε に押しつけている，とまでは言うまい。しかし少なくとも χαῖρε の問題を素通りしていることは確かである。第二に，より深刻なのは，「我が言葉は真なり」という要約の仕方である。この論によれば，最終トリアスは歌の真実・虚偽をめぐって展開することになる。だが本当にそうなっているだろうか。最終トリアスを実際に見る限り，そこに見えるのは「虚偽」のテーマの展開よりはむしろ「悪言」「嫉妬」のテーマの展開である。「我が言葉は真な

---

18) Thummer, 'zweite pythische', ここでは特に298-300。なお Lloyd-Jones は，その最後の注の最後の行（'Modern Interpretation', 137 n. 142）で言及するのが精一杯だったようである。

り」という要約は乱暴なように見える。そもそも，「詩人自身およびその技芸に対する称賛」というトポス[19]には注意を要する。一見詩人自身あるいは詩そのものに対する言及と見えるところも，ある時は「我々は歌わなければならない」という χρέος のモチーフであり，ある時は「勝利は歌によって償われるべきだ」という ἄποινα の，またある時は「この歌に見合うだけの偉大な勝利だ」という ἀλάθεια のそれである[20]。結局 Thummer は，「詩人自身およびその技芸に対する称賛」を「歌の真実」のテーマにすり替えることになるのであるが，これは一対一に対応するものではない。歌そのものに対する言及から，即「我が言葉は真なり」のテーマであるとするのは，強引である。

さて肝心の Most であるが，Most は，この χαῖρε を，「賛歌の χαῖρε」と考えるべきだと指摘する[21]。本歌全体内での位置を考えるに，この χαῖρε は単に「さようなら」あるいは「あなたに幸あれ」ではあり得ない。χαῖρε もしくはその類似語は，ホメーロス風賛歌あるいはカッリマコスの賛歌の結尾部分に決まったようにして現れるものである。そして多くの例において，そこには歌われている歌そのものに対する言及が続く[22]。このことは，そのまま本箇所にも当てはまる。そして重要なことに，賛歌の χαῖρε は終わりを示すというよりはむしろ，別のテーマへの移行を示すものである。同じ関係を，本箇所にも見出すことができる。この限りにおいては，本歌の χαῖρε のパラレルとして賛歌の χαῖρε を考える Most の解釈は慧眼と言えよう。

だが，問題はその先である。Most は賛歌の χαῖρε を「賛歌を歌う詩人をして，直接神を称えること以外の内容をもつ補遺 supplement を付け加えることを可能ならしめる」ものであり，「その対象は多くの場合，詩人自身に向けられる」[23]としたうえで，同じことが本歌でも言えるとするのである。ここで特に念頭に置かれているのは，『アポッローン賛

---

19) 'Lob für den Dichter und seine Kunst', cf. Thummer, *Isthmischen*, vol. 1, 82-102.
20) Cf. Schadewaldt, 278-279, Bundy, *Studia*, 3-4, et s.v. ἀλάθεια, χρέος.
21) Most, *Measures*, 96-99. もっともこの指摘自体は，新しいものではない：cf. Schadewaldt, 327 n. 2, さらに Most *Measures*, 96 n. 4 を見よ。
22) h. Hom. 2.494, 6.19-20, 9.7, 14.6, 16.5, 19.48, 21.5, 25.6, 30.17-18. このことは *N*. 3.76-80 にもあてはまる。以上 Most, *Measures*, 99 et n. 23 による。
23) Most, *Measures*, 98.

歌』デーロス部の結尾であるが，扱いの難しいこの例を別とすれば[24]，このMostの主張は見当はずれである。

　第一に，χαῖρε につづいて詩人自身に歌の内容が移行する時，それはいかなる意味においても「補遺」ではあり得ない。むしろ賛歌の本質的な一要素である。なぜなら，賛歌とは神と χάρις の関係を樹立しその上で祈願を行うものであり，χαῖρε に続く部分はまさにその祈願にあたるからである[25]。ゆえに第二に，この χαῖρε の構図をそのまま祝勝歌に持ち込むことはできない。祝勝歌が歌われるのは，歌い手と勝利者の間に χάρις の関係を樹立するためであるとは言えるであろうが，それによって勝利者から χάρις の返礼を求めるわけではないからである。祝勝歌ではむしろ，歌うことそのものが，χάρις の返礼なのである。

　結果として，Mostの解釈は，本歌の67行 χαῖρε 以下に「補遺」という無根拠かつ先行部分との接続のない位置づけを与えることになるのである。この解釈によって作られる本歌の図表[26]では，67行以下はいくつかの補助的な線で繋がれる以外は，本歌の他の部分と断絶している。そもそもこの部分を論ずる章につけられた表題は[27]「補遺に加える補遺 a Supplement on Supplements」である。

　それでもなお，本箇所が本歌の構造に必要不可欠の部分であることが，以下の三点で判るという[28]。すなわち，第一に，明確な輪構造に補遺を付け加えるという構図が，イクシーオーン神話の部分で先取りされている。そこでも，車輪-暴行-殺人-暴行-車輪という明確な輪構造に，ケンタウロスという補遺が付け加えられているがゆえに，67行以下も並行的な関係になるという。第二に，67行以下の突然出てくるように思われる動物寓話や語源遊びが，これまたケンタウロスの段で先取りされている。ケンタウロスから寓話的に道徳的意味をくみ出すこと，あるいは Κένταυρος という語の語源で遊ぶことが，本箇所の猿や狐，狼の出現の，あ

---

24) この例だけを持ってパラレル有りとするのは，説得力に欠ける。
25) Cf. Race, 'Greek Hymns'，特に8-10。
26) Most, *Measures*, 69-70.
27) Most, *Measures*, 96. なお，この 'supplement' の意味するところを十分に理解するためには，我々は以下の文献を参考にするべきらしい（85 n. 55）：J. Derrida, *De la Grammatologie*, Paris 1967, 208ff.
28) Most, *Measures*, 121-124.

るいは κερδαλέον や ἕλκος といった語で遊ぶことの先取りになっているという。第三に，本箇所全体の構図が，本歌の先立つ部分全体の構図と並行的な関係にある。本箇所は τόδε μέλος に始まり，神の力の偉大さについての格言で終わる。同様に先立つ部分は3行に τόδε μέλος があり，88-89行に同じような格言があるというのである。

　個々の論点について反論するつもりはない。それぞれの対応関係は，確かに意図的であったかもしれない。それなりの効果を狙っていたかもしれない。だが単なる偶然かもしれない。論理において接続できない部分を，対応関係だけでもって接続することはできない。対応関係の確認は，歌の脈絡の一歩一歩の確認を欠くとき，意味を持たないのである。以上の論点によって本歌の「注意深く構成された一貫性ある全体像」[29] が明らかになることはない。我々は改めて Slater の言うところを反芻する必要がある：

　　歌は本質的に論述であるとピンダロスが認めていたとすれば，次のことが導出されよう。すなわち，一個の歌の解釈にあたっては，<u>歌の論述を当の歌全体に渡って確定することこそが，必須の最低要件である</u>。その先は，思弁の領域であり，それは合理的であったり，非合理的であったり，議論は尽きないであろう。しかし<u>解釈が論ずべきこと</u>と，<u>論じうること</u>とを見極めるためには，かくのごとき節約原理が肝要といえる。<u>反響，相互参照，重層的意味付与といったものは，歌の論のテーマのなかで位置づけを得ない限りは，思弁的なものに過ぎず，ややもすると独善的解釈に陥って詩人の明白な意図を台無しにする</u>[30]。

---

29) Most, *Measures*, 124: 'a coherent and carefully structured whole'.

30) Slater, 'Doubts', 199（強調論者）。('[I]f Pindar considered his poetry to be essentially argument, it follows that *the establishing of the argument throughout the ode is the minimum prerequisite* for an interpretation of an ode. Beyond that lie the areas of reasonable and unreasonable speculation concerning which debate may be infinite. But this principle of economy ought to be valuable in distinguishing *what an interpretation must say* and *what it can say. Echoes, cross references, overtones which cannot be anchored to the themes of argument are speculative and may lead to a subjectivism that thwarts the clear intention of the poet.*') あるいは，こうも言っている：'The concept of cross-references has allowed its practitioners often to find interrelationships, sometimes purely verbal echoes, across poems

Mostは「論ずべきこと」を論ぜずに「論じうること」だけを論じてしまったようである。歌の論述の連鎖は67行を持って断絶したままである。『ピューティア第2歌』の「汚名」は，未だ，返上されていない。

II

P. 2.67-71：

  χαῖρε· τόδε μὲν κατὰ Φοίνισσαν ἐμπολάν
μέλος ὑπὲρ πολιᾶς ἁλὸς πέμπεται·
τὸ Καστόρειον δ' ἐν Αἰολίδεσσι χορδαῖς θέλων
ἄθρησον χάριν ἑπτακτύπου
φόρμιγγος ἀντόμενος.

まず解明すべきは67行 χαῖρε の位置づけの問題である。本歌においてこの χαῖρε はいかなる機能を果たしているのか。この問いに答えなければならない。

問題点は明確である。本箇所は，終わりを強く意識させる箇所である。そこで χαῖρε と言われる。明らかに，本歌はここで終わるべきなのではないか。Most の言葉を借りよう：

> しかしながらこの時点で，どこを見ても歌の終わりが近づいている兆候が見える。まず，ヒエローンの直接賛美が，壮大な輪構造を完結させる。中央（21-48行）に神話があり［……］，前後には世の偉業を称える必要性についての考察があり［……］，最初（1-12行）と最後（57-67行）には王の直接賛美がある。彼が競技で勝利を挙げたことが，まさしく本歌の原因だったのである。［……］さらに，今や第3トリアスの末尾をなすエポードスに来ている。かくして当然のこととして期待されるのは，このエポードスの終わりをもって，歌自体が完結することである。そしてここでピンダロスがヒエロー

---

without any regard at all to the argument' (196)。

ンに別れを告げる（χαῖρε 67行）とき，この期待は確証を得たように感じられるのである[31]。

歌はヒエローン賛美によってクライマックスに達している。この先何を言う必要があろうか。そして χαῖρε は「さようなら」を意味する。歌が終わるのは当然のようである。

しかしである。勝利者の直接賛美によって祝勝歌がクライマックスに達し，同時に賛美—神話—賛美という輪構造を閉じ，歌が終わる，という，この一見当たり前のような予感は，果たして根拠のあるものであろうか。

Hamilton の分類を借りれば[32]，中心に神話が置かれ，全体が三部に分かれる歌は26ある[33]。うち7つ[34]は，神話後における勝利者ないし勝利そのものの明確な賛美を欠いている。祝勝歌は勝利者の直接賛美をもって輪構造を閉じる必要はないのである。だが，この際そのことは置いておく。この7つと，公正を期すために本歌そのものを除いて，残る18の歌を考えることにしよう[35]。

このうち，少なくとも8つの歌において，神話後の最初の勝利者賛美が，1スタンザ以上[36]を残したまま終わってしまい，明確に話題が転換する。

① *O.* 6.82（δόξαν ἔχω ...）以下，3+スタンザ・24行。
② *O.* 8.72（Ἀΐδα τοι λάθεται ...）以下，2+スタンザ・17行[37]。

---

31) *Measures*, 95（強調論者）。('At this point, however, *every indication suggests that the end of the poem is near at hand. The praises of Hieron have closed off a large-scale structure of ring composition*: at the center (21-48) was the myth [...]; before and after was situated reflection on the necessity of praising greatness in human affairs [...]; and at the beginning (1-12) and end (57-67) was placed direct praise of the king whose athletic victory is the occasion for the entire poem [...]. What is more, we have now come to the epode of the third triad; and *the inevitable expectation is that, with the end of this epode, the poem itself will have reached its conclusion. When Pindar now bids Hieron farewell (χαῖρε 67), that expectation seems finally to be confirmed*.')
32) Hamilton, 26-34, 89-103.
33) *O.* 1, 2, 3, 6, 7, 8, 9, 10, 13; *P.* 2, 5, 6, 8, 10, 11; *N.* 3, 4, 5, 6, 7, 8, 9; *I.* 1, 5, 6, 8.
34) *O.* 13; *P.* 6; *N.* 4, 5, 7, 8; *I.* 6. cf. Hamilton, 66.
35) *O.* 1, 2, 3, 6, 7, 8, 9, 10; *P.* 5, 8, 10, 11; *N.* 3, 6, 9; *I.* 1, 5, 8.
36) 以下，スタンザとは，strophe, antistrophe, epodos を仮に総称したものである。

③ *O.* 9.100 ($\tau\grave{o}$ $\delta\grave{\epsilon}$ $\phi\upsilon\hat{q}$ $\kappa\rho\acute{a}\tau\iota\sigma\tau o\nu$ ...) 以下, 1+スタンザ・12行。
④ *P.* 8.88 ($\acute{o}$ $\delta\grave{\epsilon}$ $\kappa\alpha\lambda\acute{o}\nu$ $\tau\iota$ $\nu\acute{\epsilon}o\nu$ $\lambda\alpha\chi\acute{\omega}\nu$ ...) 以下, 2スタンザ・13行。
⑤ *P.* 10.59 ($\kappa\alpha\grave{\iota}$ $\gamma\acute{a}\rho$ / $\acute{\epsilon}\tau\acute{\epsilon}\rho o\iota s$ $\acute{\epsilon}\tau\acute{\epsilon}\rho\omega\nu$ ...) 以下, 2+スタンザ・13+行。
⑥ *P.* 11.50 ($\theta\epsilon\acute{o}\theta\epsilon\nu$ $\acute{\epsilon}\rho\alpha\acute{\iota}\mu\alpha\nu$ $\kappa\alpha\lambda\hat{\omega}\nu$ ...) 以下, 2+スタンザ・12+行。
⑦ *N.* 9.46 ($\epsilon\grave{\iota}$ $\gamma\grave{a}\rho$ $\ddot{a}\mu\alpha$ $\kappa\tau\epsilon\acute{a}\nu o\iota s$ $\pi o\lambda\lambda o\hat{\iota}s$ ...) 以下, 2スタンザ・10行。
⑧ *I.* 1.63 ($\mathring{\eta}$ $\mu\grave{a}\nu$ $\pi o\lambda\lambda\acute{a}\kappa\iota$ $\kappa\alpha\grave{\iota}$ ...) 以下, 1+スタンザ・5+行。

　8つというのは少なく見積もったものであり，現実的にはもう数歌加えることもできるだろう[38]。勝利者の直接賛美が終わりを予感させるというのは，我々の身勝手な思い込みだったのである。Hamilton の報告するところによれば，ピンダロスの全祝勝歌の内，半数近くが勝利者・肉親等のいかなる賛美をも最終スタンザに置いていない[39]。勝利者の賛美はクライマックスをもたらすのと同様に，話題の転換をももたらす。勝利者の賛美が終わった時点で歌の終わりも近いと予感する者は，当時の聴衆の中にはいなかったであろう。

　そもそも，神話を中心として輪構造を作ろうとすることは，Hamilton の断罪するところである。祝勝歌が神話を中心にすえた場合にも，その前後の部分は明確な対応関係を示さない。祝勝歌は A-B-A の構造をとらない。祝勝歌の構造はあくまで A-B-C なのである[40]。勝利者の賛美は必ずしも神話の前と後ろ両方に出るものではない。そして，比較的規則的な構造を示す導入部に対して，神話後の結部はその内容においても，長さにおいても，導入部との対応においても，ほとんど規則性を見せない[41]。輪構造の完結という予感もまた，根拠のないものである。

　ゆえに，我々は本箇所の状況に関して，認識を改めなければならない。本箇所は終わりを予感させるようなところではない。言葉の展開さえ許

---

37) 小池，「論述法」，21 n. 15 の誤りを訂正する（「*O.* 8.67（3 スタンザ・22 行）」）。
38) E.g. *O.* 1, 2, 7; *N.* 3.
39) *O.* 1, 4, 5, 6; *P.* 1, 2, 3, 4, 8, 9, 11, 12; *N.* 1, 7, 10, 11; *I.* 1, 2, 7. 以上19歌。Cf. Hamilton, 90-92.
40) Cf. Hamilton, 3, 8-9, 26. もっとも，彼の用語は X-Y-Z である。
41) Cf. Hamilton, 65-67. 結部（Z部）に関する章は，Hamilton の研究において建設的成果の最も少ない章である。

せば, ごく自然に次の話題に移行できるところに位置しているのである。

*

では問題となる χαῖρε はいかなる展開を示す語であるのか。この χαῖρε を理解するためにまず大きな助けとなるのは, 既に述べたように, 賛歌における結び句の χαῖρε である[42]。締め括りと同時に他のテーマへの移行を示すこの表現の, 例挙に困る者はいないだろう。

 h. Hom. 3.545-546:
  καὶ σὺ μὲν οὕτω χαῖρε Διὸς καὶ Λητοῦς υἱέ·
  αὐτὰρ ἐγὼ καὶ σεῖο καὶ ἄλλης μνήσομ' ἀοιδῆς.

  かくしてあなたは, 喜びたまえ, ゼウス神とレートー神の子よ。対するに私は, あなたのことを, そして別の歌を, 歌いましょう。

5.292-293:
  χαῖρε θεὰ Κύπροιο ἐϋκτιμένης μεδέουσα·
  σεῦ δ' ἐγὼ ἀρξάμενος μεταβήσομαι ἄλλον ἐς ὕμνον.

  喜びたまえ, 住まいもよろしいキュプロスを司る女神よ。対するに私は, あなたから始めて, 別の賛歌へと移り進みましょう。

この χαῖρε は単なる「さらば」や,「幸いあれ」ではない。犠牲や奉納, 賛美によって神々が好意を持つことを願う言葉であり,「喜びたまえ」である[43]。すなわちこれは, 神との間に χάρις の関係が樹立されたことを確認する言葉である。そこで歌い手は, あるいは神の喜びの確認によって自分の喜びの成就を願い[44], あるいは神々の賛美を終え他のテーマ

---

 42) 賛歌の χαῖρε については, cf. Bundy, 'Quarrel', 49-57, Race, 'Greek Hymns'.
 43) Cf. Il. 10.462 χαῖρε, θεά, τοῖσδεσσι. さらに cf. Bundy, 'Quarrel', 49。
 44) χάρις の関係は相互関係であり, 神々をも含む倫理規範である。cf. S. Aj. 522 χάρις

へ移行することによって，神々が怒ることのないことを確認しようとするのである。そして特に賛歌における神の喜びは，神を歌で誉め称えることによってもたらされる。

> h. Hom. 9.7-9:
> καὶ σὺ μὲν οὕτω χαῖρε θεαί θ' ἅμα πᾶσαι ἀοιδῇ·
> αὐτὰρ ἐγὼ σε πρῶτα καὶ ἐκ σέθεν ἄρχομ' ἀείδειν,
> σεῦ δ' ἐγὼ ἀρξάμενος μεταβήσομαι ἄλλον ἐς ὕμνον.
>
> かくしてあなたは，また全ての女神方も，この歌に喜びたまえ。
> 対するに私は，まずはあなたを，そしてあなたから歌い始めて
> 私は，あなたから始めて，別の賛歌へと移り進みましょう。

> 21.5:
> καὶ σὺ μὲν οὕτω χαῖρε ἄναξ, ἵλαμαι δέ σ' ἀοιδῇ.
>
> かくして神よ，あなたは喜びたまえ。私はあなたを歌でもって宥めたてまつる。

> 2.494-495:
> πρόφρονες ἀντ' ᾠδῆς βίοτον θυμήρε' ὀπάζειν.
> αὐτὰρ ἐγὼ καὶ σεῖο καὶ ἄλλης μνήσομ' ἀοιδῆς.
>
> この歌に対して，好意を持って，喜ばしき暮らしを賜りますよう。対するに私は，あなたのことを，そして別の歌を，歌いましょう。

賛美によって相手が喜んだことを確認した上で，別の話題へ移行する。これが χαῖρε の意味するところであって，歌の終わりを示すものではないのである。

χάριν γάρ ἐστιν ἡ τίκτουσ' ἀεί. Bacch. 3.38 ποῦ θεῶν ἐστιν χάρις; さらに，この語のホメーロスからアイスキュロスに至るまでの通覧的考察として，MacLachlan を参照せよ。

この構造は，『イストミア第1歌』にも見られる。そこではカストールとイオラーオスを称えた（16-31行）のち，彼らに向かって χαίρετε と言い，次いで称える対象を勝利者の父親に移す（32行以下 ἐγὼ δὲ ... γαρύσομαι）。この χαίρετε は16行に始まる賛美の終わりを示すに過ぎない。歌い手は脱線から戻り，脱線に入る直前の Ἡροδότῳ（14行）を改めて受け直し（34行 τοῦδ' ἀνδρὸς），歌を進めてゆく。

　神と人との違いこそあれ[45]，同じ構造を『ピューティア第2歌』にも見出すことができる。67行の χαῖρε の直前にあるのは，62行以下 εὐανθέα δ' ἀναβάσομαι στόλον ἀμφ' ἀρετᾷ / κελαδέων に続く，5行にわたるヒエローン賛美，それも二人称による賛美である。そして χαῖρε の直後には，この歌がいかに価値あるものか，いかに美しいものかの言及が続く[46]。歌い手はここで，賛美の対象者が十分に喜んでおり，他のテーマに移行しても怒りを覚えないことを確認しようとしているのである。そしてその喜びとは，美しきこの歌によってもたらされたはずのものである[47]。

　「喜びあれ。この調べはフェニキア航路にのって，灰色の海の上を進んでゆく。好意を持って，アイオリスの弦をともなったこのカストールの歌を，七色の音の堅琴の典雅を受け入れ，御覧あれ」。ここまで聞いた聴衆が次に期待するのは，歌の終わりではなく，別のテーマへの移行である。χαῖρε は歌の終わりではなく，ヒエローン賛美の終わりを示す。船の比喩（62行 ἀναβάσομαι στόλον）で始まったヒエローン賛美は船の比喩（67-68行 ἐμπολὰν ... πέμπεται）でもって，その輪構造を閉じる。

　かくして我々は，χαῖρε の意味を捉え直すことによって，67行以下を本歌の論述の連鎖の中に位置づける可能性を得たことになる。χαῖρε 以下は，単なる補遺では全くない。論の展開という観点から言えば，むしろ62行から71行までのヒエローン賛美のほうが脱線なのである。ヒエローン賛美の輪構造は閉じられ，歌は話題の移行へと向かう。

---

45) 前注で述べたように，χάρις の関係は，神々にも人間にも適用される。

46) ここで τόδε μέλος と τὸ Καστόρειον が同一の一つの歌，すなわち『ピューティア第2歌』そのものを指すことについては，今更繰り返す必要はないであろう。Cf. Gildersleeve, ad loc., Thummer, 'zweite pythische', 299, Lloyd-Jones, 'Modern Interpretation', 123, Carey, *Five Odes,* ad loc., Most *Measures,* 99-101.

47) χάριν（70行）にも注目せよ。

第4章 『ピューティア第2歌』67行以下　　　　　　　　　　　　113

しかし我々が得たものは，未だ単なる可能性に過ぎない。歌が次の展開を待ち望んでいることは示された。では実際には，どのような展開がなされるのか。

III

72：
  γένοι᾽, οἷος ἐσσὶ μαθών.

「自分がどのような者であるのかを知り，そうあるべし」[48]。この，どうとでもとれるような一文の含意を探るためには，我々は前後関係を考えなければならない。γνῶθι σεαυτόν と見紛うばかり[49]のこの文を考えるに，単語そのものから陰影を引き出そうとしたり，あるいは文そのもののパラレルを探そうとする態度は，危険である。この種の文は文脈の理解が第一であり，文脈によっていかようにもその意味を変える。

では我々はどのような位置にいるのかと言えば，それは一つの脱線を終えた後である。脱線の輪構造が閉じた後には，脱線に入る前の話題に戻るものである。これは，常に成り立つ図式であるとは言えないだろうが，最も蓋然性の高いものである。本箇所においても，まずこれを期待するべきであろう。

だがここで，一つ大きな疑問を見逃すわけにはいかない。すなわち，「脱線の輪構造が閉じ，直前の話題に戻る」というのは一見もっともらしいが，果たして本当にそれが本箇所であてはまるのか，という疑問である。なぜなら，ここで行われていたのは，勝利者の直接賛美なのであ

---

48) この文の文法的問題については，既に議論は尽くされている。οἷος ἐσσὶ は γένοιο と μαθών 双方の目的語・補語となると考えるべきである：cf. Carey, *Five Odes,* ad loc., Most, *Measures,* 102, Hummel, § 360。

49) ʻοἷος ἐσσὶʼ を ἀπὸ κοινοῦ にかけることは，本箇所の含意を本質的に変えるものではない。「汝自身を知れ」の命令は，当然のこととして「かつそのように振る舞え」の命令を含意している。Cf. *P.* 3.59-60 χρὴ τὰ ἐοικότα πὰρ δαιμόνων μαστευέμεν θναταῖς φρασίν / γνόντα τὸ πὰρ ποδός, οἵας εἰμὲν αἴσας. S. *Aj.* 1259f. οὐ σωφρονήσεις; οὐ μαθὼν ὃς εἶ φύσιν / κ.τ.λ. なお，γένοιο の希求法が実質的に命令法と同義であることについては，cf. Hummel, § 360 (p. 288)。

る。祝勝歌において勝利者の直接賛美が，重要なクライマックスであることは，当然期待される。内容の重要性から言えば，祝勝歌の最重要要素と言えるかもしれない。通常脱線で期待されるのは，事物の由来，比喩，情景描写など，論の展開に非本質的な要素なのではないだろうか。論の眼目とも言えるはずの勝利者の直接賛美に，脱線の構造を当てはめても良いのか。

ところがここでも，我々現代人の当然の期待は，裏切られる。論の眼目そのもの，祝勝歌のクライマックスと思われる部分も，あたかも脱線であったかのように扱われる。

『ピューティア第10歌』48行以下は，その典型といえよう。ペルセウス神話に直接続く部分である。そこではまず，いわゆる驚嘆のモチーフ θαῦμα-motif[50]でもって，神話の断絶の準備をする（48-50行）。続く51-52行は船の比喩を用いた断絶形式である。さらに53-54行で，「その時それぞれ ἄλλοτε ἄλλον」のバリエーションとなる格言でもって，話題の転換の必要性を示す：「祝勝の最上の賛歌は，蜜蜂のごとく，それぞれにそれぞれの言葉へと飛び立つものである」。つまりは眼前の勝利者の賛美の必要性を示しているのであり，表現の裏には χρέος-motif が隠されていると言って良いだろう。そしてクライマックスたる勝利者の直接賛美が引き出されるのである（55-59行）。だがここで注目すべきはそのあとである。直接賛美を閉じるにあたり言明される格言は，またしても ἄλλοτε ἄλλον のバリエーションである：「人それぞれにそれぞれの相手に対して，その心は愛情にかきたてられるものである」（59-60行）。そして以下に今度は ἄλλοτε ἄλλον の別の含意，すなわち運命の流転のテーマ，ἐφημερία のテーマを引き出すのである（61-63行）。ἄλλοτ' ἄλλον で引き出された勝利者の直接賛美は，あたかも脱線であったかのごとくその言及を終えられ，ἄλλοτ' ἄλλον が ἑτέροις ἑτέρων と受け直されて，歌は進んでゆく。

また『ピューティア第8歌』においては，ἄλλοτε ἄλλον を「成功も失敗も全ては神々の意のままによる」の形でまず提示した後（73-78行），勝利者の直接賛美に入る（78-80行）。ところがそれを継続する形をとり

---

50) Cf. Bundy, *Studia*, 2-3 et 8-9, Race, *Style,* 41-57, esp. 45-46.

第4章 『ピューティア第2歌』67行以下　　　　　　　　　　115

ながらも，今度は敗北者の無残な様を歌うのである（81-87行）。これは
まさに，競技者における ἄλλοτε ἄλλον の実例である。そして次に続く
のは，有名な「ひとは何であるのか。ひとは何でないのか。人間など影
法師の夢 τί δέ τις; τί δ᾽ οὔ τις; σκιᾶς ὄναρ ἄνθρωπος」にクライマックスを
見る ἐφημερία のテーマである（88-97行）。ここでも勝利者の直接賛美は，
論述の展開上は脱線である[51]。

　以上から言えることは，勝利者の直接賛美という，祝勝歌における最
大のクライマックスですら，論理の道筋から見れば脱線という形をとる
ということである。もちろん，クライマックスはクライマックスである。
それが最重要要素であることに変わりはない。しかし注目すべきは，論
述の主題をなす脱線をはさんで，論の一本の道筋はずっと継続してゆく
ことである。我々は祝勝歌の論述の展開の仕方について，多少とも認識
を改める必要があるだろう。

　　　　　　　　　　　　　　＊

　では本歌において，「脱線」に入る前にはどのようなところにいたの
か。

　　49-61：
　　　　θεὸς ἅπαν ἐπὶ ἐλπίδεσσι τέκμαρ ἀνύεται,
　50　 θεός, ὃ καὶ πτερόεντ᾽ αἰετὸν κίχε, καὶ θαλασ-
　　　　σαῖον παραμείβεται
　　　　δελφῖνα, καὶ ὑψιφρόνων τιν᾽ ἔκαμψε βροτῶν,
　　　　ἑτέροισι δὲ κῦδος ἀγήραον παρέδωκ᾽· ἐμὲ δὲ χρεὼν
　　　　φεύγειν δάκος ἀδινὸν κακαγοριᾶν.
　　　　εἶδον γὰρ ἑκὰς ἐὼν τὰ πόλλ᾽ ἐν ἀμαχανίᾳ

51）　あるいは，『ネメア第11歌』において，勝利者の直接賛美の直後の29-32行 βροτῶν
τὸν μέν, τὸν δ᾽ αὖ は賛美直前の θνατὰ μεμνάσθω（15行）を受けなおしているし，『イストミ
ア第2歌』においては，30-36行の ἀγνῶτες κώμων, οὐ πάγος, οὐδὲ προσάντης の含むと
ころへと，勝利者の直接賛美をはさんで43行以下で帰ってゆく（μή νυν ... σιγάτω ...
ὕμνους）。

55 ψογερὸν Ἀρχίλοχον βαρυλόγοις ἔχθεσιν
    πιαινόμενον· τὸ πλουτεῖν δὲ σὺν τύχᾳ
        πότμου σοφίας ἄριστον.

    τὺ δὲ σάφα νιν ἔχεις ἐλευθέρᾳ φρενὶ πεπαρεῖν,
    πρύτανι κύριε πολλᾶν μὲν εὐστεφάνων ἀγυι-
        ᾶν καὶ στρατοῦ. εἰ δέ τις
    ἤδη κτεάτεσσί τε καὶ περὶ τιμᾷ λέγει
60 ἕτερόν τιν' ἀν' Ἑλλάδα τῶν πάροιθε γενέσθαι ὑπέρτερον,
    χαύνᾳ πραπίδι παλαιμονεῖ κενεά.

　神こそは思いのままにあらゆる結末をもたらす者，神こそは，翼をはためかす大鷲に追いつき，海豚を追い越し，高慢な人間どもをあるときは挫き，ある者には朽ちることなき栄誉を与える。だが私としては悪言でもって大いに噛みつくようなことは避けなければならない。というのも，私は遠く距離を保ったまま見たのだ，口悪いアルキロコスがしばしば，耐え難い言葉に満ちた敵意でもって膨れ上がり，すっかりどうしようもなくなっているのを。いや，運命に助けられて富むことこそ，(歌の)技芸の最高の対象である。そしてあなたこそは，寛大なる心をもちそれをはっきりと示すことができるのだ，多くの城壁よろしき街路を，軍勢を，率いる王よ。ギリシャ中で先人の誰かが富と権勢においてあなたよりも優っていた，などと口にするような者は，無益な考えを持って虚ろに格闘する者である。

引用部は神話に直接続く部分である。手短にまとめるならば，以下のようになろう。49-52行の格言的言明は，直前の θαυμαστός（47行）によって引き出された θαῦμα-motif であり，断絶の準備をする。次いで，χρέος-motif による断絶形式が来る（52-56行）。この χρέος は，神話を終える「必要性」であると同時に，勝利者を称える「必要性」である[52]。

---

52) 議論多い56行については，「運命の助けを得て富むことこそは，歌の最上の対象である」ととる：cf. Miller, 'Archilochus', 142。さらに，この行をめぐる議論については，cf.

57行以下では，もう勝利者の賛美に入っていると言って良いだろう。

ここで注目すべき点は三点ある。第一に悪言 κακηγορία をめぐる逡巡であり，第二にその逡巡が，神の力の偉大さについての言及から引き起こされていることである。そして第三に，神の力の偉大さを示すにあたり，人間の成功も失敗も神の意のままによるという点を持ち出していることである。

悪言 κακηγορία は賛美の対極にあるものであり，一見したところ，52-56行の逡巡は単に賛美を引き出すためのポーズに過ぎない。だが58行以下でもう一度，3行以上にわたって κακηγορία に対する警告がなされている。断絶形式が κακηγορία をめぐって展開していることは留意しなければならない。

しかしここでより重要なのは，その κακηγορία をめぐる逡巡が，神の偉大さについての言及によって引き起こされることである。κακηγορία に対して距離をとろうとする断絶形式としてパラレルとされるのは『オリュンピア第1歌』52-53行であるが[53]，厳密に言うならば，両箇所の間には本質的な違いがある。片や『オリュンピア第1歌』においては，κακηγορία の可能的対象は神々そのものである。直前では，神々の食人に話がさしかかっている。そこから身を引こうとするのである。なぜなら神々を悪しく言うのは「益なき」ことだから，と言うわけである。ところが本歌においては，状況は異なる。神々を悪しく言う可能性は，ここでは存在しない。直前にあるのはケンタウロスの話である。ではケンタウロスを悪しく言う可能性から身を引こうというのか。しかしそれでは神々の偉大さに対する言及の意味がない。すなわち，本歌においては，神々の偉大さと κακηγορία を避けるべしという結論との間に，直接的連関がないのである。いやむしろ，こう言うべきである。ここにおいて，神に対するものに限らず κακηγορία なるものはおしなべて全て，偉大なる神に対する傲慢 ὕβρις であるという考えが了解事項になっているかのようである，と。

論点を先取りして言うならば，「悪言は傲慢である」というテーマこ

Gerber, 'P. 2.56'. さらに最近では Henry が本箇所を論じているが，過度に問題を簡略化している感が否めない。

53) 両箇所の類似性については，cf. Race, *Style*, 72-73.

そが最終トリアスにおいて展開されるテーマとなるのだが，目下のところ最も注目すべきは上に上げた第三点，すなわち，人間の成功も失敗も神の意のままによるという言及がなされている点である。神は偉大なものであり，人間の成功も失敗も全て神の意のままになる。だからこそ（あるいは，「にもかかわらず」）私は悪言を避けなければならない。悪言を吐くものは無益に終わるからである。本箇所の要点はこのようになろう。そして悪言の正反対のものである賛美を行った後に，72行に来て 'γένοι᾽, οἷος ἐσσὶ μαθών' と言われるのである。

賛美の輪構造が閉じたことを感知する聴衆であるならば，この 'γένοι᾽, οἷος ἐσσὶ μαθών' の理解に苦しむことはないであろう。この発言は49-61行，それも特に51-52行を受け直す一種の格言である[54]。「神を前にした己の分際を知るよう」。二人称はヒエローンに向けられたものではない。その場にいるもの皆に，あるいは人たるもの一般に向けられた不定の二人称である[55]。論は49-61行において展開されていたテーマに戻り，そこで不明瞭なままであったものを明確にするであろう。

我々はこれで，当初の目的を達成したことになる。最終トリアスは，49-61行から一貫している一本の論の筋に，連結された。それは，'appendix' や「補遺」，あるいは「それなくしても祝勝歌たりうるが，欠けている重要なテーマの一つを表明するところ」などでは全くない。論述の展開という観点から極論すれば，勝利者直接賛美をなす62-71行のほうが，むしろ 'appendix' の名にふさわしい。最終トリアスは，49-61行で提示されたテーマを受け，発展させるものである。

しかしこのまま本章を終えてしまっては，我々は説明不足の誹りを免

---

54) 移行の軸として格言を置くことについては，cf. Bundy, *Studia,* 28, Hubbard, *Pindaric Mind,* 143.

55) この二人称が，不定の二人称である可能性を指摘する Slater, 'Futures', 90 に対して，Thummer, 'zweite pythische', 298 n. 22 は，以下のように反論する：'Dem ist entgegenzuhalten, daß der Aufforderung γένοιο vier Anreden vorausgehen, die sich sicher an Hieron richten: τύ (V. 57), σέ (V. 64), χαῖρε (V. 67), ἄθρησον (V. 70). Wie sollte also die Aufforderung γένοιο (V. 72) nicht an ihn gerichtet sein?' 答えよう：①それが本箇所の asyndeton のもつ力である，②本箇所の内容は，実質的に格言である，③本箇所直前において一つの輪構造が閉じており，かつ，輪構造に入る前の49-53行との連関が明確である，④ピンダロスにおける格言的な二人称の突然の挿入として，e.g. *I.* 5.14-15 を参照せよ。あわせて，本研究第1章の提唱する「祝勝の二人称」は，対象移行の明示を必要としないことを比較せよ（31頁）。

れないであろう。では一体，具体的にどのように最終トリアスはその論を展開してゆくのか。そこに見出されるものは，今我々がなした解釈と矛盾しないか。この問いに，少なくともその概略を示すことが，我々に残された義務である。幸いなことに，ここには多くの有用な先行研究がある。一文一文の含意については，多くを論じる必要はない。必要なのは，歌の論の展開を再確認すること，そこに至る論述の展開をどのように受け，発展させ，終えているのかという点に関して，理解の見通しを示すことである。

IV

72-78 :
καλός τοι πίθων παρὰ παισίν, αἰεί

καλός. ὁ δὲ Ῥαδάμανθυς εὖ πέπραγεν, ὅτι φρενῶν
ἔλαχε καρπὸν ἀμώμητον, οὐδ' ἀπάταισι θυ-
 μὸν τέρπεται ἔνδοθεν,
75 οἷα ψιθύρων παλάμαις ἕπετ' αἰεὶ βροτῷ.
ἄμαχον κακὸν ἀμφοτέροις διαβολιᾶν ὑποφάτιες,
ὀργαῖς ἀτενὲς ἀλωπέκων ἴκελοι.
κέρδει δὲ τί μάλα τοῦτο κερδαλέον τελέθει;

最終トリアスの導入となる猿と子供たちについての一文が何のことを言っているのか，この問いに対して確実なことは今となっては何も言えない。この発言の提示の仕方から見るに，これが当時の聴衆にはすぐわかるような何らかの比喩ないし暗示，引用であったことは，間違いない。しかしその常識が，失われている。我々は推論するしかないのである。最終トリアスがもっとわかりやすい文で始まっていたならば，我々はこれほど苦しむことはなかったであろう。

　ここでまず重要なのは，対比されているのが「子供たち」と「ラダマンテュス」ではなく，「猿 πίθων」と「ラダマンテュス Ῥαδάμανθυς」だ

ということである[56]。「猿が思慮のない子供たちをだます」という理解は, 根拠薄弱である[57]。当時の意識における猿はだまし屋であるよりは, 醜く, 思慮の足りない, 笑いものである[58]。類比関係は猿に対するラダマンテュスとして, そして「子供たちによって παρὰ παισίν」に対する「陰口叩く者たちの企みにより ψιθύρων παλάμαις」として成立すると考えるべきである。

「猿は子供たちには『美しい』とからかわれるもの, いつも『美しい』と。それに対してラダマンテュスは幸せであった, 非の打ち所もない思慮の実りを摘み, 内なる心において欺きに喜ぶことがなかったのだから。それは陰口を叩く者たちの企みによりいつでも人のところへとやって来るものだが」。猿は子供たちにからかわれるが, ラダマンテュスは陰口を叩く者たちの手にかかることはない。ここに提示されているのは, 悪言 κακηγορία の具体例である。そして「陰口叩く者たち ψίθυροι」と受け直された κακηγορία が, 今度は「誹謗 διαβολία」と受けられて, 歌は進む。

ここで悪言は「両者にとって災い」であると言われるとき, この「両者」の指し示すものにも, 注意しなければならない。この「両者」は, 悪言を「言われる者」とそれに「耳を貸す者」の二者ではあり得ない[59]。この「両者」は, あくまでそれを「言う者」と「言われる者」である。そもそも本箇所の悪言について, それを「言う者」,「言われる者」,「聞く者」という三者を立てること自体に根拠がない[60]。本歌において今まで悪言について言われてきたことの中に, それを第三者的に「聞く者」という要素はないのである。悪言を「言う者」と「言われる者」, この二者をめぐって論は展開している。

「誹謗の陰口は両者にとってなすすべもない災いである。その性質は

---

56) 以下, 猿とラダマンテュスのくだりについては, cf. Hubbard, 'Ape'.
57) この解釈には, バッキュリデースの亡霊が生き続けているというべきだろう。cf. Σ 132c-f, さらに Hubbard, 'Ape', 74-75.
58) Cf. Hubbard, 'Ape' 76 (Archil. fr. 185-187W, Semon. 7.71-82, Heraclit. fr. 82, 83 DK 等が論じられる).
59) Cf. Lee, 'Slander', 281-283; pace Carey, Five Odes, ad loc.
60) ここにもバッキュリデースの亡霊がいるようである。本箇所に対しては, 三者が明確に提示される Hdt. 7.10 は, 直接のパラレルにならない。

第4章 『ピューティア第2歌』67行以下

狐に大いに似ている。だが利欲に駆られた[61]そのような陰口が，どうして利益を勝ち得ようか」。κακηγορία はそれを言われる者にとって災いであるのと同時に，それを言う者にとっても災いである[62]。κακηγορία は無益なのである。

　この段で言われているのは，悪言 κακηγορία の暗躍の可能性，その危険性，そして無益さである。54-56行あるいは58-61行で言われたことを敷衍しているともいえるだろう。だがここで κακηγορία は無益だと言明する78行の，反語疑問の含むところを見落としてはならない。κακηγορία が無益となるのは，手放しで達成されることではない。その危険性は甚大なものであり，それに対する決然たる態度を必要とする。実際『ネメア第7歌』『ネメア第8歌』の示すところでは，アイアースは κακηγορία によって死ぬのである[63]。κακηγορία の危険性は，看過されてはならない[64]。それに対してとるべき態度が，次いで表明されることになる。

　だがここで一歩立ち止まって，我々はこう問わざるを得ない。72行の「自分自身を知れ」はどこへいってしまったのだろうかと。実はこの 'γένοι, οἷος ἐσσὶ μαθών' の言明がその意味を明瞭にするのは，はるか後，歌の論述が結論に近づいたときである。この一文は，25行にわたる壮大な展開の，劈頭を飾る銘句となっているのである。

79-88：
　　ἅτε γὰρ ἐννάλιον πόνον ἐχοίσας βαθύν
80　σκευᾶς ἑτέρας, ἀβάπτιστος εἶμι φελ-
　　　λὸς ὣς ὑπὲρ ἕρκος ἅλμας.

---

61) Snell-Maehler のテキストに従った。しかし本研究としてはむしろ，Lloyd-Jones, 'Modern Interpretation', 124 に同意する：'the best editorial procedure would be to mention Huschke's conjecture [sc. κερδοῖ], but to place a crux against κέρδει in the text'.
62) Cf. O. 1.53 ἀκέρδεια λέλογχεν θαμινὰ κακαγόρους.
63) N. 7.23-30, N. 8.21-34.
64) N. 8.32-34: ἐχθρὰ δ' ἄρα πάρφασις ἦν καὶ πάλαι, / αἱμύλων μύθων ὁμόφοιτος, δολοφραδής, κακοποιὸν ὄνειδος / ἃ τὸ μὲν λαμπρὸν βιᾶται, τῶν δ' ἀφάντων κῦδος ἀντείνει σαθρόν.

ἀδύνατα δ' ἔπος ἐκβαλεῖν κραταιὸν ἐν ἀγαθοῖς
δόλιον ἀστόν· ὅμως μὰν σαίνων ποτὶ πάντας ἄ-
  ταν πάγχυ διαπλέκει.
οὔ οἱ μετέχω θράσεος. φίλον εἴη φιλεῖν·
ποτὶ δ' ἐχθρὸν ἅτ' ἐχθρὸς ἐὼν λύκοιο
  δίκαν ὑποθεύσομαι,
85 ἀλλ' ἄλλοτε πατέων ὁδοῖς σκολιαῖς.
ἐν πάντα δὲ νόμον εὐθύγλωσσος ἀνὴρ προφέρει,
παρὰ τυραννίδι, χὠπόταν ὁ λάβρος στρατός,
χὤταν πόλιν οἱ σοφοὶ τηρέωντι.

またしても，含意を汲み尽くし得ない比喩である。しかしここに，沈没の危機に瀕しつつもそれと格闘する浮きの姿をみることは，間違いである[65]。浮きは本性からして沈まぬものであり[66]，その最大の特徴は，はっきりと人の目に明らかなことである[67]。「私は道具のもう一方が深い海の底で苦労している間，浮きが海面をゆくごとく，沈むことなく進んで行こう」。言うまでもなく「私」は「不定の一人称」[68]である。κακηγορία を発する者は海面下に画策するであろうが，それに対しては距離を取り，つねに公然と発言する者でなければならないのである。

「なぜなら，良き人々の間にあっては企みを抱く町人は力ある言葉を発することはできないのだから。それでもそのような者たちは万人に尻尾を振りつつ大いに破滅をたくらんでいる」。κακηγορία の無益と，危険性についての言明の繰り返しである。ἀδύνατα であるのになぜ ἄτη がありうるのか。この一見したところの矛盾は，'ἐν ἀγαθοῖς' を捉え直すことで氷解する[69]。κακηγορία の暗躍は，ἀγαθοί の監視があって初めて

---

65) Cf. Most, *Measures*, 108-110.
66) ἀβάπτιστος は generic ととるべきである。
67) Cf. A. *Ch*. 505-7, *A.P*. 6.28, 38, 90. だがここに「浮き」「錘」「網」の三者を見ようとする Most, 'Metaphors', 570-571 の解釈は理に過ぎる。本箇所にあるのはあくまで網の「水面上の部分」と「水面下の部分」の対比である。Cf. *A.P*. 6.28 φέλλους κύρτων μάρτυρας εἰναλίων, 6.38 τὸν ἀεὶ φελλοῖς κύρτον ἐλεγχόμενον.
68) 'First-person indefinite'については，cf. Young, *Three Odes*, 58 et n. 3.
69) Most, *Measures*, 113-114 はこの点を理解せず，ὅμως を ὁμῶς と読み，「敵味方の区別無く等しく」ととろうとしている。

防げるのである[70]。常に潜在する κακηγορία の危険性に対して，我々は「良き人々」であり続けなければならない。

では κακηγορία を許さない「良き人々」たるためには，まず何をせねばならないのか。「私はそのような者とは意気込みを共にはしない。友は愛されるべし。そして敵に対してはつねに敵意を抱き，狼のごとく襲いかかろう，その時それぞれの巧妙な道を踏みしめつつ。つまりはどんな支配のもとでも真っ直ぐに物言う男が一番なのである。僭主制のもとでも，あるいはかしましい群集が，あるいは賢者たちが国を見張るときでも」。

言われているのは「友に利し，敵を害すべし」という，まさに常識的な δίκη の倫理である[71]。聴衆の中に，この発言に対して否という者はいないであろう。だが注目すべきは，この常識的倫理を，κακηγορία 論に適用していることである。κακηγορία，つまりは良き者を悪しく言うこと，あるいは悪しき者をよく言うことは，δίκη に反する。κακηγορία の対蹠点にある態度，すなわち εὐθύγλωσσος であること，友たる称えられるべき者を称え，敵たる非難されるべき者を非難する態度が必要なのである[72]。

ここに示されたのは，κακηγορία の危険性を認識した上で，「我々」は何をすべきか，というテーマである。「我々」に必要なのは，κακηγορία を避け，友を友として，敵を敵として扱うことである[73]。すなわち，「我々」は偉大なる功績を挙げた者を称えなければならないのである。

論は結論に近づいている。称えることの必要性に対する，最後の理由づけが次にやってこよう。49-61行で暗示されたままであったもの，すなわち「神の偉大さ，人の ἐφημερία」と「称えることの必要性」の連

---

70) N. 7.23-27: τυφλὸν δ' ἔχει / ἦτορ ὅμιλος ἀνδρῶν ὁ πλεῖστος. εἰ γὰρ ἦν / ἓ τὰν ἀλάθειαν ἰδέμεν, οὔ κεν ὅπλων χολωθεὶς / ὁ καρτερὸς Αἴας ἔπαξε διὰ φρενῶν / λευρὸν ξίφος.

71) Carey, *Five Odes*, ad loc. は，以下の例その他を挙げる：Solon 13.5-6W, Archil. 23.14-15W, Thgn. 337-340, 869-872, Hes. *Op.* 353。

72) N. 8.39 αἰνέων αἰνητά, μομφὰν δ' ἐπισπείρων ἀλιτροῖς.

73) 厳密に論理を問うならば，ここに，「κακηγορία を発する者は敵である」と「友に対して κακηγορία を発してはならない」との微妙な混同が認められるかもしれない。しかし，それが不自然と聞こえることはなかったであろう。

関が，示されようとしている。

88-96：
>   χρὴ
>   δὲ πρὸς θεὸν οὐκ ἐρίζειν,
>
>   ὃς ἀνέχει τοτὲ μὲν τὰ κείνων, τότ' αὖθ' ἑτέροις
>   ἔδωκεν μέγα κῦδος. ἀλλ' οὐδὲ ταῦτα νόον
> 90 ἰαίνει φθονερῶν· στάθμας δέ τινες ἑλκόμενοι
>   περισσᾶς ἐνέπαξαν ἕλ-
>   κος ὀδυναρὸν ἑᾷ πρόσθε καρδίᾳ,
>   πρὶν ὅσα φροντίδι μητίονται τυχεῖν.
>   φέρειν δ' ἐλαφρῶς ἐπαυχένιον λαβόντα ζυγόν
>   ἀρήγει· ποτὶ κέντρον δέ τοι
> 95 λακτιζέμεν τελέθει
>   ὀλισθηρὸς οἶμος·

「神と張り合おうとしてはならない，なるほど神はあるときはある者たちを助け，またあるときは他の者たちに大いなる栄誉を与えるものであるが」。ようやくここに，'γένοι, οἷος ἐσσὶ μαθών' を見出すことができたようである。論はその本題にやってきた。そして今まで十分に展開された κακηγορία の問題と，関連づけられることになる。

「だがこのことこそが妬みを抱く者たちの心にそぐわないのである」。ここで悪言が「妬みを抱く者 φθονεροί」と言い換えられる飛躍に，追跡の困難は存在しない。祝勝歌の常として，妬み φθόνος は常に賛美を妨げる最大の敵である[74]。妬みを抱く者は偉大なる功績を挙げた者を称えることを拒む。しかし今や，妬みを抱くことそれ自体が，神に対する傲慢 ὕβρις の一つとして提示される[75]。妬みを抱いて賛美を拒否する態度

---

74) O. 6.74-76: μῶμος ἐξ ἄλλων κρέμαται φθονεόντων / τοῖς, οἷς ποτε πρώτοις περὶ δωδέκατον δρόμον / ἐλαυνόντεσσιν αἰδοία ποτιστάξῃ Χάρις εὐκλέα μορφάν. N. 8.21-22: ὄψον δὲ λόγοι φθονεροῖσιν, / ἅπτεται δ' ἐσλῶν ἀεί, χειρόνεσσι δ' οὐκ ἐρίζει.

75) 本箇所における「賛美」「妬み」「傲慢」の関係については，さらに，cf. Crotty.

は，神に楯突く態度である。

　ここで最終トリアスの一連の難解な比喩の，最後のものがやってくる。$στάθμα$ の比喩が本当に意味していたところは，未だ不明である[76]。しかしこの比喩に限っては，前後の文の明瞭さ[77]が，少なくともその含意は明確にしてくれている。ここではとりあえず「自己の限界を越えた目標を求めて，かえって自らを害する」の意としておく[78]。

　「しかし度を越した水準へと惹かれる者は，心に思い描くことを得る前に自らの心臓に痛々しい傷を打ち込むことになるものである。首に掛かる軛は安んじて引き受けることこそが望ましい。突き棒を足蹴にすることは，足下をすくわれる道である」。言っていることは，身の程を弁えよという，ありふれた $σωφρονεῖν$ 論である。だがそれは，一つの明確な視野を持っている。$κακηγορία$ を発してはならない。それは，己の分際をわきまえない行動である。結局自らを傷つけることになろう。

　三段論法のごとき明快な結論を期待していた者は，失望するかもしれない。ここにあるのは，単に '$γένοι$, $οἷος ἐσσὶ μαθών$' を敷衍しただけのものである。だが，ピンダロスの歌の論は，三段論法ではない。当時の聴衆が了解していた前提を補うことで，それに似たものを作ることはできるであろうし，それは現代人たる我々にとっては，理解のための有用な作業ではあるかもしれない。しかしそれと同時に見落としてはならないのは，ピンダロスの歌の論が，このように展開しているという事実である。すなわち，まず $κακηγορία$ の様を描き出し，次いで，良き市民たるもののとるべき態度を表明する。そしてそれに続けて，神に対する当然の振る舞いを格言的常識という形で提示して，もって賛美の必要性

---

76) Cf. Most, 'Metaphors', 571-584. ここで Most は諸説の難点（特に重要なのは，$στάθμα$ が「天秤」でも「巻き尺」でもあり得ず，「墨縄」でなければならない，ということである）を示した上で，$στάθμα$ を「下げ墨・下げ振り」ととり，「それを引っ張ると，止めていた釘がぬけて，引っ張った者に刺さる」という新説を提示している。興味深いが，いかなる類のパラレルも提示できていないがゆえに，その奇抜さがかえって仇となっている感が否めない。

77) $ζυγόν$ および $κέντρον$ の比喩は，明快である。

78) $στάθμα$ を「規準」ないし「目標」とすることについては，cf. P. 6.45 $πατρῴαν μάλιστα πρὸς στάθμαν ἔβα$, N. 6.7 $δραμεῖν ποτὶ στάθμαν$. また，$ἕλκομαι$ を「惹かれる」の意味とすることについては，cf. N. 4.35 $ἴυγγι δ' ἕλκομαι ἦτορ νεομηνίᾳ θιγέμεν$. そして，「心臓に傷を打ち込む」の表現については，比喩としてのイメージの連続性はないと判断する。

の結論とするのである。'γένοι, οἷος ἐσσὶ μαθών' をもって開かれた一本の一貫した論の展開は，ここに完結せんとする。

96：
    ἁδόν-
 τα δ' εἴη με τοῖς ἀγαθοῖς ὁμιλεῖν

　何と言うことはない，当たり前を並べたような表現である。祝勝歌が祈りを持って終わるのは一つのパターンであるし[79]，この表現自体にもパラレルがある[80]。そもそも祝勝歌の最後の一文が，締め括りをなすような重みのある一文だという前提は，危険である[81]。だが少なくとも本歌においては，最終トリアスの展開を通観してきた我々にとって，この一文の一つ一つの単語の持つ重みは明らかである。ἀγαθοί とは，偉大なる功績を挙げる人々であると同時に，κακηγορία の暗躍を許さない人々であり，妬みにとらわれることなき人々，称えることを知る人々である。彼らに「喜ばれ，交わる」とは，まさに，「私」[82]もまた，κακηγορία を発さない，許さない，という言明である。

　「私はといえば，良き人々に喜ばれて交わりたいものである」。願わくは，κακηγορία なき世の中を。我々皆が常に，称えられるべきを称える一団をなすよう。それは神に対する祈りであると同時に，聴衆皆に対する，また歌い手自身に対する銘記である。そしてこの銘記こそが62-71行のヒエローン直接賛美をもたらしたのである。さらに遡ればそれは，イクシーオーン神話[83]の，そしてキニュラースの逸話[84]の導入となったものでもあるのだが，そこまで論の展開を確認することは，本章の主旨を越えている。ここまでにとどめよう。

---

79) Cf. Bundy, *Studia*, 78-80.
80) Cf. *O.* 1.115b-116 ἐμέ τε τοσσάδε νικαφόροις / ὁμιλεῖν, *N.* 8.38 ἐγὼ δ' ἀστοῖς ἁδὼν καὶ χθονὶ γυῖα καλύψαι. さらに，cf. Thgn. 31-38.
81) 例えば，『ネメア第6歌』の最終文は「彼の体育教師はその力において海豚にも比せられよう」であるし，同『第7歌』は「『ゼウスのコリントス』とわめき散らすのはばかばかしい」であり，同『第1歌』は神話から戻りすらしない。
82) 当然「不定の一人称」である。
83) 24行。
84) 13-14，17行。

第4章 『ピューティア第2歌』67行以下

 以上，最終トリアスに展開された論を要約するならば，それは「称えられるべきを称えるべし」という χρέος-motif の論述であると言える。だが，重要なのは，歌の論述を一行に要約することではなく，歌の論述を全体にわたって辿り直すことである。我々が確認したかったのは，最終トリアスが「いかなることを言っているのか」ではなく，それが「いかに展開しているのか」である[85]。すなわち，それは49-61行を受けて，まず σωφρονεῖν のテーマを暗示し，改めて κακηγορία を受けて，まずそれを描き出している。次いで κακηγορία に対する良き市民たるものの務めを示し，さらに最初に暗示されたものを再提示する形で κακηγορία に対する態度と神々に対する態度とが関連づけられる。もって「勝利者を称えるべし」という祝勝歌の 'locus communis' へと，同時に本歌の重要な一テーマへと帰着し，祈りをもって終えられるのである。
 我々はここに，最終トリアスが，本歌全体に接続されることを確認する。『ピューティア第2歌』の「汚名」は，故なきものであった。

V

 本章の結論は，かくのごときものである。すなわち，『ピューティア第2歌』の最終トリアス，正確には67行 χαῖρε 以下は，本歌の論述の展開の中に，明確に位置づけ可能である。なぜなら，χαῖρε とそれに続く歌の美しさについての言及は，直前のヒエローン直接賛美の終わりを告げるものであり，続く 'γένοι, οἷος ἐσσὶ μαθών' 以下は，ヒエローン直接賛美に入る前の部分を受けなおし，発展させているからである。そしてこの理解を妨げていたのは，勝利者の直接賛美が，あるいは χαῖρε という語が，本歌の終わりを強く印象づけるという前提であるが，これが根拠のない思い込みであったことが示された。直接賛美も，それに先立つ部分も，次の展開を準備する形でなされている。
 この無根拠な思い込みが今まで放置されてきたことは，故なきことで

---

85) 本研究は，Grundgedanke（cf. Young, 'Criticism', 3-8, 89）の理論への回帰を提唱するものではない。歌の論の展開を辿ることで，たまたま本箇所では抽出しやすい一貫したテーマに突き当たった，というだけのことである。

はない。何となれば，本歌の解釈においては，別の戦いが中心的課題の位置にあったからである。言うまでもなくそれは，伝記主義との戦いである。難解と見える箇所を全て伝記事項や作者の意見の噴出と見る立場を否定し，祝勝歌を祝勝歌のジャンルという文脈の中で捉え直そうとする戦い。Bundyによって開かれたこの戦端を引き継いで，本歌にも適用すること。このことが，急務だったのである。そこでは伝記主義的解釈に彩られた箇所を一つ一つ解釈し直すことが，最大の戦果であった。そして本歌こそは，そのような箇所の最も多い歌の一つであった。

　だが現在では，もはやこの戦いは終息しつつある。しかしそれと同時に，Bundyの投げかけた問題提起も，忘れられつつあるように見える。改めて強調しなければならない。伝記主義に対して向けられていた目は，今，祝勝歌そのものへと向けられなければならない。祝勝歌全体を，徹底的に再読すること。本章もまた，その必要性を示さんとし，そのための具体的な一歩として，小さな寄与を試みたものである。

結　　論

　既に序論において論じたとおり，本研究は何か一つのテーゼを立証せんとしたものではない。徹底的な個別論を本義とする本研究にあっては，求められるべき成果は，一つ一つの個別的読解そのものなのであって，その中から，ここに何か大きな結論が示されることはない。それぞれの箇所についてのそれぞれの結論が，そのまま本研究の結果である。
　しかし同時に，ここで論じられた4つの考察の成果について，その幾つかが，あるいは全てが，この後反駁されることになろうとも，それは本研究の本望とするところである，という点もまた，強調されなければならない。何となれば本研究は，個別論の実例を通じて，ピンダロス理解の現状への，すなわち我々が未だピンダロスのギリシャ語を読めていないのだというそのことへの再認識を促さんとするものでもあったからであり，もってピンダロスの徹底的再読という，一個人の能力を超えた一大要件へと研究が結集されるならば，その過程で本研究の示した理解が凌駕されることは，むしろ望むべきところだからである。Bundy の示した，ピンダロス祝勝歌理解への道程は，未だ，道はるかに途上である[1]。その中で，小さくとも確実な一歩一歩を刻むことが，本研究の目指したものであると同時に，道はるかに途上であるという，その現状を明らかにすることが，そしてこの道程への参加を促すことが，本研究の目指したところである。俎上にあがる個別論点の示す多様性は，あくま

---

　1)　論者はかつて，「Bundy の落ち穂拾いは，未だ終わっていないのではないのか」という言葉を使ったことがある（小池，「『ネメア第 7 歌』」, 23）。本研究は，この前言を撤回するものでもある。我々は，こう言わなければならない。落ち穂拾いどころではない，収穫自体が，およそ中途，むしろ端緒についたばかりなのである，と。

でも通底する問題の共通性を際立たせるためのものであり，微細な読解は，当該祝勝歌の全体的理解，あるいは祝勝歌そのものの総合的理解を常に視野において論じられた[2]。本研究が本当の意味で恐れるのは，その個別論の成果の棄却ではない。そうではなくむしろ，ここで論じられた箇所においていずれも，そしてピンダロス祝勝歌全般においてこの先も，再読されるに値するような難点は一つとして存在しないと結論付けられることである。そしてそのような結論付けがおよそ困難であることを，本研究が十分に示し得たことを願うものである。

　ピンダロスは難解であると人は言ってきた。もちろん，Bundyによって示されたとおり，ピンダロスが難解なのではない，我々がピンダロスを読めていないだけなのであるが，今はそのことは置いておく。ピンダロスは難解である。だが翻ってみれば，ピンダロスほど，条件の恵まれた作家も珍しいと言うべきなのである。同一ジャンルに属する作品が写本上で45歌も残り，しかもバッキュリデースの大きな断片集がジャンルの外郭線を描き出す一方で，膨大なスコリアが残されており，扱いに注意を要するとは言え解釈のための重要な資料を提供している。さらに，韻律上の繰り返し数が概して多いことが，テキスト上の問題の所在を明確にし，その解決へと貢献する。また文学史的な位置づけとしても，ピンダロス以前にも以後にもパラレルの潤沢な宝庫を見出すことができるのである。ピンダロス研究は，極めて恵まれた条件下にある。そのことの当然の帰結を，多少の誇張表現を含みつつも述べれば，それは以下の言葉に尽きるであろう。すなわち，もし我々がピンダロスを読み解くことができないのならば，他のいかなる古典作家も読めることはあるまい。ピンダロス研究は，我々に突きつけられた，ギリシャ文学全体の読解可能性の試金石である。その可能性を賭して，我々はピンダロスの一文一文を，再読する必要がある。

---

[2] 『ネメア第7歌』の考察が付論にとどまるのも，当該箇所を解決してなお，歌全体の理解に未だ遠いからに他ならない。

付　論

『ネメア第7歌』102-104行[1]

N. 7.102-104：

τὸ δ' ἐμὸν οὔ ποτε φάσει κέαρ
ἀτρόποισι Νεοπτόλεμον ἑλκύσαι
ἔπεσι·

　『ネメア第7歌』は，しばしばその難解さにおいて『ピューティア第2歌』と並び称されるものであるが，実のところを見れば，含まれる難点ははるかに多いように思われる[2]。おそらくその解明には，いくつもの個別論を要することとなろう。本研究は，一つの歌の議論に深入りすることを良しとせず，ゆえに本歌の考察は対象から外されたものであるが，しかしこの作品の理解について，状況整理と今後の見通しを示すことは，Bundyの議論を受け継いだ研究として，必須の義務であるように思われる。

　1973年に，当時のピンダロス研究を総括した画期的な論文の中でLloyd-Jonesが，19世紀以来のロマン主義的および歴史主義的研究の弊害を指摘した上で，それにかわる新たな動きとして，そしてピンダロスの理解の進展に向けて比類なき有効性をもつものとして，Bundyの論を紹介したとき，『ネメア第7歌』102-104行は，逆に，Bundyの手法の限界を明白に示す論拠とされた[3]。本歌のスコリアによれば，ピンダ

---

1) 本論は，小池，「『ネメア第7歌』」に加筆・修正を施したものである。
2) Slater, 'Nemean 7', 360: 'I feel no urge to offer here or elsewhere any overall interpretation of the seventh *Nemean*, since the uncertainties in its text seem to me insuperable'.

ロスはネオプトレモスの扱いをめぐってアイギーナ人の怒りを買っていたのであり，それに対して『ネメア第7歌』では「弁解」をしているのだという。これは Bundy に従う限り，歌の難解箇所を説明するにあたって詩人の伝記事項を導入するという，スコリアに根ざす祝勝歌誤解のまさに典型例となる。ゆえに Bundy は「弁解説」を否定して本歌を「正真正銘の祝勝歌」と解すべしとの見通しを示し[4]，また，予告された本歌のモノグラフはついに出ることがなかったが，既にいくつかの研究が Bundy の示した方向性に従ってなされていた[5]。しかし『ネメア第7歌』は全体に渡ってどこか「弁解」的な口調が感じられ，そしてこの102-104行において，ネオプトレモスを悪し様に扱ったことに言及していることは「認めざるを得ない」[6]。さらに，否定的ネオプトレモス像を含む『パイアーン第6歌』が既に発掘されている以上，ここに，競技勝利者の賛美という祝勝歌の第一目的にそぐわない，詩人の個人的伝記事項が見出されることは，もはや明らかだと考えられたのである[7]。

もちろん，Bundy の示した祝勝歌理解の展望に従ってピンダロス研究の飛躍的進展をみた現在にあっては，この箇所をめぐってもまた，これが「弁解説」の単純明白な根拠とはなり得ないことが確認されている[8]。

まずそもそも，『パイアーン第6歌』が本当に「弁解」の対象たりえるかが問い直されている[9]。『ネメア第7歌』との時間的前後関係は不

---

3) Lloyd-Jones, 'Modern Interpretation', 127-137.
4) Bundy, *Studia*, 4.
5) Thummer, *Isthmischen*, 1.94-98, Slater, 'Futures', 91-94, Köhnken *Mythos*, 37-86.
6) Lloyd-Jones, 'Modern Interpretation', 136.
7) Lloyd-Jones が Slater を批判する際の常軌を逸した言葉は，当時どれほど「弁解説」が疑いないものであったかを示していると言えよう：'[e]very translator has seen all this except Slater, who in his violent attempt to fit the text to the Procrustean bed of his dogma has done to Pindar's words just what Pindar is denying that he has done to Neoptolemus' ('Modern Interpretation', 136)。あるいは Lloyd-Jones がその議論の多くを依拠する Tugendhat も，『ネメア第7歌』と『パイアーン第6歌』の関係を綿密に再検討するものではあるものの，その基本的な姿勢は，あくまで弁解説を当然の前提とした上で，前者のどこまでが後者の「直接的」弁解と言えるかを問うものに過ぎない。
8) 「弁解説」をめぐる『ネメア第7歌』の議論については，Currie, *Cult*, 321-330 に手際よくまとめられている。
9) Cf. Rutherford, *Paeans*, 321-338.

明であり，そのネオプトレモス神話がどれくらい否定的なのかも評価が分かれ，さらに上演主体についても新たな疑問が呈されている。また根拠としてのスコリアの正当性が疑わしいことは言うまでもない[10]。

　本箇所そのものに目を向ければ，ネオプトレモスの否定的扱いを表すものとして ἑλκύσαι という語の中に，遺体を陵辱する野犬のイメージを読み取ってきたことについて，その根拠が疑われている。基本的意味として「力強く引く」をもつこの動詞に，「暴力・不正」は必ずしも含まれない[11]。本箇所における ἕλκειν の比喩的用法の指し示すところは特定し難いものの，ピンダロスの類例から考えて，レスリングの比喩[12]ないし呪術的儀式のそれ[13]と考えるのが妥当である。

　あるいは ἀτρόποισι について重要な指摘をしたのは Most である[14]。これもまた意味の特定の難しい語であるが，ここで重要なのは，本箇所直後に続く，104-105行の格言である。「同じことの三度四度の繰り返しは詮ないこと」を意味するこの格言は従来，102-104行で主張したことについて「しかしこの主張をこれ以上繰り返すのはもうやめよう」と述べているのだと解されてきた。しかしながら，この「繰り返しは詮なきこと」を，ἄτροπος の語源的意味，すなわち「向きを変えない，変えられない」に突き合わせるならば，むしろ格言は ἄτροπος の指し示すところの説明的敷衍[15]であり，「なぜなら変化を含まぬ言葉は，技芸に窮した状態なのだから」を意味するものと考えるのが適当である。ἄτροπος が表すのは，ποικιλία[16]の正反対の，「技芸の多彩さに欠けた」さまなのである。

　さらに，οὔ ποτε の解釈をめぐって Slater が明らかにしたところ[17]は，その結論においてというよりもむしろ本箇所の議論の歴史を象徴するも

---

10) 最近では，cf. Heath。
11) この点に関して，今なお野犬のイメージを必至と見る向きがあること (e.g. Steiner, 156, Currie, *Cult*, 317) は，理解に苦しむ。
12) *N*. 4.94 ἀπάλαιστος ἐν λόγῳ ἕλκειν. Cf. Burnett, *Aigina*, 200-201.
13) *N*. 4.35 ἴυγγι δ' ἕλκομαι ἦτορ νεομηνίᾳ θιγέμεν. Cf. Slater, 'Nemean 7', 366-367.
14) Most, *Measures*, 204-207，さらに cf. Steiner, 155-156。
15) 104行の δέ は説明的 (= γάρ) である。
16) Cf. *O*. 6.86-87 ἀνδράσιν αἰχματαῖσι πλέκων / <u>ποικίλον</u> ὕμνον, *P*. 9.77-78 βαιὰ δ' ἐν μακροῖσι <u>ποικίλλειν</u> / ἀκοὰ σοφοῖς.
17) Slater, 'Nemean 7'.

のとして，注目に値する。この否定辞については，これを言説内容すなわち ἑλκύσαι にかけるべしとした Slater のかつての指摘[18]にもかかわらず，常に主動詞 φάσει を否定するものと解釈されてきた。しかし，言説動詞を主動詞とする文に否定辞が加えられた場合に，否定が言説動詞にではなく，言説の内容に付与されるものであるということは，ギリシャ語の一般的大原則なのである[19]。その逸脱例として本箇所を認定するだけのパラレルを，人は提出できていない[20]。にもかかわらず，なぜ繰り返し，否定辞は言説動詞にかかると主張されてきたのか。結局のところ「（ネオプトレモスを悪し様にしたとは）決して言うまい」という，弁解のニュアンスを擁護したかっただけなのだと言われても仕方あるまい[21]。

かくのごとき変化を経て，かつて「ネオプトレモスの死体を無慈悲な言葉で引きずり喰らったとは，我が心は決して言うまい」と読まれた箇所は，今や「ネオプトレモスを技芸多彩な言葉でもって遇した[22]」と，我

---

18) Slater, 'Futures', 92.
19) Cf. Wilson, 'Adherescent', 88, Hummel, § 309.
20) Pelliccia, *Mind,* 317-344 は，Slater の主張への実証的な反論を試みて，言説動詞と祝勝の未来についての抜本的再検討を行っている。その議論は，整理の透徹度においてやや劣る感が否めないものの，それ自体として有益なものとなっている。しかし同時に，本人の意に反した形で，Slater の指摘の正しさを証明していることは興味深い（pace Braswell, review of Pelliccia）。曰く，Slater の主張はパラレルによって支持されるものの，直後の文脈が許さないのだ，というのである：'it follows that the mere configuration of *N.* 7.102-104 would permit Slater's placement of οὔ ποτε with ἑλκύσαι [...], though, as we have seen, the logic of the subsequent context require [sic] that the governing verb carry the negative' (335。もちろん，この 'would permit' という表現は，否定辞と言説動詞についての大原則の誤解に由来するものであって，立証責任がどちらにあるのかを取り違えている。Slater, 'Nemean 7', 366 の反論を参照せよ）。ところで，その肝心の文脈の理解について，Pelliccia は根本的な思い違いをしているようである。'What is ταὐτά's referent?' (333) なる問いと，それに続く議論は，まるで ταὐτά を ταῦτα と同列に扱っているかのように見える。当然ながら，ταὐτά は指示対象を必要としない。104-105行は独立した格言となっており，その正しい解釈については，前述の通りである。
21) 否定辞を主動詞にかける根拠として再三引用されてきた Carey, *Five Odes,* ad loc. の提出する例（S. *Tr.* 1073, D. 39.28, D. 3.17, Hdt. 2.49.2）に対する，Slater の指摘はもっともである：'[i]t is difficult to believe that any scholar who had consulted these passages would cite the article with confidence' ('*Nemean 7*', 364)。あるいは，先に引いた Lloyd-Jones の言葉（註7）も，この論点をめぐる議論の中で出たものである。
22) 当然ながら οὔ ποτε ... ἀτρόποισι ... ἑλκύσαι は litotes である。なお，ἑλκύσαι のイメージを訳に活かせば，それぞれ「（技芸多彩な言葉でもって）ネオプトレモスと手合わせをした」「ネオプトレモスを呼び寄せた」となろうか。しかし本研究はこの比喩の特定については判断を保留する。

が心は宣言しよう」と解釈し直されるに至っているのである。

*

　それではBundyが予見したように，本歌は「正真正銘の祝勝歌」となったと言えるのか。残念ながら，我々は否と答えなければならない。何となれば，上のごとき解釈の進展を経てなお，本箇所に，祝勝のための修辞だけでは説明しきれない違和感が感じられ続けてきたからである。Careyの言葉を引くのが適切であろう。

> 詩人が自らの歌に言及する際に見られる一般的な物言い（『オリュンピア第1歌』結尾，『オリュンピア第6歌』結尾）に取って代わって，なぜここでは50行も前に終わった神話への言及があるのか。この問題を，彼ら［Bundyその他の者たち］は不問に付す。もしもこの箇所が『ネメア第7歌』のピンダロスの発言のまとめになっているとするならば，「他の被称賛者」が言及されないのは奇妙としか言えない。［……］歌本来の部分が終わっているがゆえに，ピンダロスが自分の個人的な事情を語っているとしても不自然なことではないのだ［……］[23]。

　端的に言えば，歌の最後に至ったこの段階で，なぜネオプトレモスの話が蒸し返されるのか。そこにはある種のこだわりと，ひいては弁解の口調を感じずにはいられない。ゆえに人は，あるいはこの蒸し返しの事実そのものの中に「弁解説」の正当性を確認し[24]，あるいは弁解説を否定しつつも，作品の外部に，歴史的背景の中にその説明を求めた[25]。つま

---

[23] Carey, *Five Odes*, ad loc.（強調論者）.（'They [sc. Bundy, etc.] do not question why the more general reference to the poet's song (*O.* 1. fin., *O.* 6. fin.) is here replaced by *a reference to a myth which ended 50 verses earlier*, the "other laudandi" are not mentioned, which is *odd if these verses sum up Pindar's treatment of N.* 7. […] Since *the ode proper has finished* it is not unreasonable for Pindar to speak of *his own affairs* […].'）

[24] E.g. Rutherford, *Paeans*, 322: 'the very fact that such an epilogue [sc. referring back to the myth] would be unique is a point in favour of taking it as a unique reference to some other real treatment of the myth'.

[25] Burnett, *Aigina*, 194-196 は上演時にモロッシアー人が同席した可能性を考え，

るところ，「合唱詩の文法」[26]の中には収まりきらぬものを，人はここに見出してきたのである[27]。

　しかしここで，立ち止まって考えるべきだろう。確かに本箇所に我々は違和感を感じてきた。しかしそこから外部の説明要因の探求へと走る前に，この違和感自体を問い直したであろうか。我々の感じる違和感は，果たしてそもそも正当なものなのか。

　Careyに従って本箇所に感じられる違和感を明文化すれば，その要点は二点に集約できよう。まず第一に，なぜネオプトレモスが名指しされるのか。50行も前に終わった神話の蒸し返しに，説明が付けられるのか。そして第二に，歌の結尾部分という本箇所の位置を，いかに考慮するのか。本箇所は，歌全体の総括や，あるいは逆に，「祝勝歌本来の部分」が済んだ後の補足的付け足しとして，多少の逸脱，「個人的事情」の挿入が許される場所なのか。

　これらの，本歌を正真正銘の祝勝歌として理解するための鍵となるべき問いに対しては，「弁解説」との格闘から一歩身を引き，祝勝歌そのものの中にその説明を求めるならば，意外と容易にその答えが見つかるように思われる。

　第二の問いから始めよう。本箇所の文脈は，いかなるものであるのか。直後に続く104-105行の格言があくまで前文に対する補足・敷衍である以上，本箇所はまさに歌の結尾部分と認められる。しかしそのことから，ここに補足的付加が適切であるとか，歌の総まとめをなす部分であるとするのは，短絡的である。以下のように問いを言い換えても良いであろう。すなわち，102行のδ(έ)は，何と何を，どのレベルで，繋ぐものなのか。

Currie, *Cult*, 338-339 は上演機会としてネオプトレモスの祭儀を想定する。なお，Bundy, *Studia* から半世紀を経て未だこの注記が必要だとは思われないが，蛇足を承知で敢えて確認すれば，祝勝歌の中に歴史事象への言及が許されないのではない。説明困難の回避に伝記事項の導入をもって良しとするのが問題なのである：Cf. Slater, 'Doubts', Lee, '"Historical" Bundy'.

26) Bundy, *Studia*, 32 et passim.

27) Most, *Measures*, 160-165 もまた，ネオプトレモスが神話体系の中で概して悪役であったことに注意を促し，そのことから本歌の弁解的口調が説明できるとしながらも，結局のところ，『パイアーン第6歌』への暗示も含んでいるのだと留保せざるを得なかった（207-208）。

ここで重要なのは，98行におけるヘーラクレースへの祈りである。祝勝歌はしばしば祈りをもって終わる。そしてその理解に重要なのが，ホメーロス風賛歌における結びの祈りであることは，常々指摘されていることである[28]。

　賛歌は神と人との間の χάρις の関係の樹立を目指して歌われるものである。すなわち，賛歌に歌い上げることで神を喜ばせ，その喜びの返礼として今度は神から喜びが来ることを祈るのであり，とりわけ χαῖρε はそのキータームとして使用され，「（この歌に）喜びたまえ」を意味する。歌と祈りの対置は，賛歌の本質的な要素である。

　そしてこの発展形として，『オリュンピア第1歌』や同『第6歌』の末尾の祈りがある[29]。

O. 1.115-116：
　　εἴη σέ τε τοῦτον ὑψοῦ χρόνον πατεῖν,
115bἐμέ τε τοσσάδε νικαφόροις
　　ὁμιλεῖν πρόφαντον σοφίᾳ καθ' Ἕλ-
　　λανας ἐόντα παντᾷ.

　　あなたは，今この時，歩み高く進まれんことを。対するに私もまた同様に，勝利者たちと交わりを保たんことを――（歌の）技芸においてギリシャ人全てのなかで抜きんでた者として。

ここに見られる，勝利者のための祈りと歌い手のためのそれの対置は，ホメーロス風賛歌における祈願と歌の対置に相当する。歌い手のための祈りは，あくまでも歌の技芸に強調点があり，結局のところ，勝利者への祈りとの関係においてのみ，その意味が見出されるべきものである[30]。

　この理解をもって『ネメア第7歌』を見るならば，ここで ἐμόν が決

28）ホメーロス風賛歌の結尾の理解については，cf. Bundy, 'Quarrel', 49-57, Race, 'Greek Hymns'。さらに以下の議論には，あわせて本書第4章110-112頁を参照せよ。

29）ホメーロス風賛歌の理解に基づく，これらの箇所の解釈については，cf. Bundy, *Studia*, 78, Race, *Style*, 119-127。

30）被称賛者と称賛者の対置についてはさらに，cf. Gerber, *O. 1*, ad v. 111-114, et 116, Hutchinson, *Lyric*, ad *O.* 6.85-91。

定的な役割を果たしていることは明白であろう。98行に始まる祈願は本歌結尾に至るまで一体をなしており，その中で102行のδ(έ)は被称賛者と称賛者を対置する。歌の技芸の強調は，既に確認したἀτρόποισιの解釈の中に見出せよう。『ネメア第7歌』の結尾は，ホメーロス風賛歌を類例とする，祝勝歌における伝統様式の一つとしての祈願部に属するものなのである[31]。

ゆえに問題となる102-104行の文脈を考えるならば，102-105行が半ば独立して歌の最終部を構成しているのではないし，唐突にネオプトレモスへと話題が転換するわけでもない。被称賛者のための祈願に含まれる当然の一部分として，歌い手の歌へと言及が至ったところと解されるのである。

それではこの理解の中で，ネオプトレモスへの言及は，いかにして説明されるのか。文脈を踏まえれば，答えは明白である。話は，目下の歌そのものへと来ている。ならば「ネオプトレモス」とは，この歌そのものの呼び名となっていると考えるのが最も自然であろう。

ピンダロスの祝勝歌において，神や英雄の名でもって歌われている当の歌そのものへと言及する明らかな例は，『ピューティア第2歌』69行に見られる。

P. 2.67-71：

χαῖρε· τόδε μὲν κατὰ Φοίνισσαν ἐμπολὰν
μέλος ὑπὲρ πολιᾶς ἁλὸς πέμπεται·
τὸ Καστόρειον δ' ἐν Αἰολίδεσσι χορδαῖς θέλων
ἄθρησον χάριν ἑπτακτύπου
φόρμιγγος ἀντόμενος.

喜びあれ。この調べはフェニキア航路にのって，灰色の海の上を進んでゆく。好意を持って，アイオリスの弦をともなったこのカストールの歌を，七色の音の堅琴の典雅を受け入れ，御覧

---

[31] Race, *Style*, 119 は本歌を，祝勝歌末尾における被称賛者のための比較的単純な祈願の例（*O.* 5, *O.* 7, *O.* 8, *P.* 5, *P.* 8, *I.* 1, *I.* 7）のうちに含めているが，本研究の理解に従うかぎり，本歌もまたホメーロス風賛歌に類する祈願部の一つと解すべきである。

あれ。

　議論を呼んだ箇所であるが，ここで「カストールの歌」と呼ばれるものが『ピューティア第2歌』そのものを指すことについては，決着がついている[32]。さらには，『オリュンピア第6歌』88行で「ヘーラー・パルテニアー」と名指しされているものも，当の歌そのものを指しているように見える[33]。これらの，むしろはるかに不親切な名指しかたに比べるならば，『ネメア第7歌』を「ネオプトレモスの歌」と呼ぶことがなぜ不自然と考えられたのか，逆に理解に苦しむほどである[34]。

　さらに，この2つの例で注目すべきは，単なる名指しの仕方の類似にとどまらない。そこに共通して見られるのは，第一に，当の歌の美しさ・良さが強調されている文脈であり[35]，第二に，今，目の前で歌われているはずの歌が，あたかもこれから上演されるかのような言葉づかいがなされていることである[36]。第一の点は，既に確認した本歌の文脈に合致する。

　そしてこの第二の点こそは，『ネメア第7歌』102行の $φάσει$ の未来形を理解する鍵となろう。実際のところ，ピンダロスの祝勝歌において，歌われている当の歌そのものを完成したかのごとく名指しつつ，その上演に今度はまるでこれから先のことであるかのような表現を使って言及する例が，いくつも見出されることが確認されている。目下の歌への指示，その美しさの強調，そして過去・現在・未来のある種の混交を含む，一群の類例[37]の中でも，ここで挙げるに最もふさわしいのは，『イスト

---

32) Cf. Carey, *Five Odes*, ad loc., Most, *Measures*, 99-101，さらに本書第4章112頁を参照せよ。

33) Cf. Too. 私見では，議論の錯綜する P. 3.78 の Ματρί についても，この範疇のバリエーションと解釈すべきであるように思われる。

34) 神話の蒸し返しとなる名指しが不自然だというならば，『オリュンピア第6歌』のポセイドーンを参照すれば良い。しかしそもそも祝勝歌末尾が，現代人の感覚からすれば唐突に見える神話的言及を許す位置であることは，もっと注意されるべきである：e.g. O. 10, P. 3, N. 8.『オリュンピア第9歌』末尾のアイアースを勘案するなら，『ネメア第7歌』末尾におけるネオプトレモスへの言及も，前段とはあくまで無関係であって一見したところ唐突に地元の英雄の名を挙げているのだという可能性もまた，そう簡単には排除できまい。

35) P. 2.70-71: $χάριν … φόρμιγγος$, O. 6.91: $γλυκὺς κρατὴρ ἀγαθέγκτων ἀοιδᾶν$.

36) P. 2.68-70: $πέμπεται … ἄθρησον$, O. 6.87: $ὄτρυνον$.

37) この種の例は，時間軸の揺れを主眼に，D'Alessio, 'Past Future', 285-292 によく

ミア第2歌』であろう。

> *I.* 2.43-48：
> μή νυν, ὅτι φθονεραὶ
>   θνατῶν φρένας ἀμφικρέμανται ἐλπίδες,
> μήτ' ἀρετάν ποτε σιγάτω πατρῴαν,
> μηδὲ τούσδ' ὕμνους· ἐπεί τοι
> οὐκ ἐλινύσοντας αὐτοὺς ἐργασάμαν.
> ταῦτα, Νικάσιππ', ἀπόνειμον, ὅταν
> ξεῖνον ἐμὸν ἠθαῖον ἔλθῃς.

> だから今は，嫉妬に満ちた思惑が人の心にはつきものだからといって，決して父の勲を，この称えの歌を，沈黙に置くことのないように。何しろ私はこれを一つ所にとどまるようにと作ったわけではないのだから。ニーカーシッポスよ，我が敬愛する客人のところに行ったならば，これを分け与えるのだ。

ここでは，目下の歌の制作の瞬間を過去に据えて，この賛歌を一箇所にとどまるべきものとして作り上げたわけではないと述べ[38]，そして上演の瞬間を，この賛歌を沈黙に付すことのないようにと，これを分け与えるのだと，未来に相当する表現で表している[39]。

対するに『ネメア第7歌』では，「ネオプトレモスを，技芸多彩な言葉で遇した」と述べた上で，「我が心はこれを宣言しよう」と未来形を使うのである。ここに見られる特徴，すなわち，今まさに歌われている当の祝勝歌を既に完成したものかのごとく名指すこと，そしてその技芸の卓越性を強調すること，さらにはその上演を未来に行われるかのごとき言葉づかいで表現すること，そのいずれもが，祝勝歌のパラレルに裏

集められている。あるいはさらに，安西，215-240における『ネメア第3歌』冒頭の考察を参照せよ。安西の関心はもっぱら祝勝歌開始部の特質の解明にあるが，この種の表現は開始部に限られるものではない。

38) 歌の技芸の強調，さらには litotes にも注目せよ。

39) この種の命令形が，「祝勝の未来」と実質的に等価なものであることについては，cf. Slater, 'Futures', 86-91。

打ちされるものなのである[40]。

*

　本論の結論は，以下のようなものとなる。すなわち，『ネメア第7歌』102-104行について，Bundy以降の祝勝歌理解の進展を受けてなお，これを本歌が「正真正銘の祝勝歌」から逸脱することへの証左だとする論拠は，本箇所の前後の文脈の唐突さと，ネオプトレモスへの繰り返しの言及という二点にあった。しかしそのいずれも，不自然なものとして，外部の説明要因を必要とするものではないことが示された。何となれば，前後の文脈としては，被称賛者のための祈りの中で，歌い手の技芸を強調して歌そのものへの言及がなされることは当然のことだからであり，また，一つの歌を神や英雄の名で名指すこともパラレルがあるからである。さらには，歌の結尾近くに至って歌われてきた当の歌そのものに言及し，未来の言葉づかいでもってその上演に言及することも，類例を欠くものではない。

　もっとも本論は，議論の錯綜するこの歌について，根本的な解決の提示を目指したものではない。あくまでも，最大の難点とされた箇所について，今までの議論を整理してその偏りを明らかにし，既存の論点を確認することのみでも，十分に本歌の理解への見通しが得られることを，示さんとしたものである。ここに示された理解を阻み，再三「弁解説」への回帰を促してきたものは何なのか。結局のところそれは，スコリアの祝勝歌理解の影響がいかに根深いものであったかという，その点に尽きるように思われる。最も難解な歌とされるものであっても，徹底的な再読の意志をもってすれば，十分に克服可能のはずである[41]。

---

40) この種の未来表現を，従来の「祝勝の未来」の解釈に従って，現在の上演そのものを直接的に指すととるか（Slater, 'Futures', Hummel, § 283），あるいはD'Alessio, 'Past Future' のように，ある種の劇場的な虚構性を見出すか，あるいはまた，Hubbard, 'Dissemination' やCurrie, 'Reperformance' のように，祝勝歌の再上演の可能性を示唆するものとするか，この問いについては，本論の範囲を越えており，判断を保留する。ここでは，『ネメア第7歌』の本箇所が，これら類例表現に連なるものであることを指摘するだけで十分である。

41) Slaterのその誠実・謙虚な発言（註2参照）に，全力で異議を唱えたい。

あ と が き

　本書は，2008年3月に東京大学大学院人文社会系研究科に提出され，審査を経て同年9月に学位授与が認められた博士論文を改訂のうえ刊行するものである。各部の初出は本文中にその都度注記したが，あらためて示せば以下のとおりとなる。それ以外は書き下ろしである。

　序論第3節　科学研究費補助金研究成果報告書（代表者　逸身喜一郎）『古典古代史の近年の動向に対応したギリシャ・ローマ思想史ならびに文学史の書きかえ』（2006年）
　第1章　『成城文藝』185号（2004年）
　第2章　『東京大学西洋古典学研究室紀要』3号（2007年）
　第4章　『西洋古典学研究』47号（1999年）（骨子のみ。元となるのは1996年同研究科に提出された修士論文である）
　付　論　『東京大学西洋古典学研究室紀要』2号（2006年）

　刊行にあたって，細部の誤りや不鮮明な点を修正し，ごく少数ながら最新の情報を盛り込んだうえで，より広範な読者を想定して引用や専門用語に訳を加えたが，基本的には論文提出当時のままである。
　言うまでもなく本書はエルロイ・バンディーの衝撃を最大の原動力とするものであるが，最終的な形にまとめる際に念頭にあったのは，デイビッド・ヤングの『ピンダロスの3つの歌』（1968年）と，ウィリアム・レイスの『ピンダロスの諸歌における文体と修辞』（1990年）である。共に，緻密な個別的読解を通じて古典文献学へ貢献することを本義としながら，それが同時に総合的理解をももたらしている点において，まさしく本書の模範であった。他方，研究対象は異なるもののジョン・ジャクソンの『ギリシャ演劇の余白に *Marginalia Scaenica*』（1955年）が常に心の中にあったことも，ここに書きとめておきたい。最果ての地における古典文献学の可能性に迷うとき，大きな勇気を与えてくれると同時

に生半可の言い訳を許さぬ書であり，エドゥアルト・フレンケルの手による序文は執筆中も何度か読み返したものである。

しかし精密な本文読解の集合体という，古典文献学の王道を行かんとした夢想に比べて，形となった現実を見るとき，これでこの学の端くれに並ぼうとする不遜にひたすら身の縮こまる思いである。とりわけ原典箇所索引は筆者の不学を示して容赦ない。古代アレクサンドリア以来の伝統の中，尊敬すべき先人たちを前にして，このような分際で書を出すことは見当違いも甚だしいとの誹りは免れようもないが，今後の勉強課題として，今は読者諸氏の寛恕を乞うばかりである。

もっと楽しい話題に移ろう。本書の成立に至るまで，筆者は多くの方々の恩恵に浴する幸運に恵まれた。

まずは東京大学名誉教授の久保正彰先生への感謝から始めたい。教えを受けたと言えるのはごく短い期間であるが，文学研究のなすべき貢献へと筆者の目を最初に開いてくださったのは，間違いなく先生である。

最大の感謝はやはり，東京大学名誉教授の逸身喜一郎先生に対するものである。博士論文の執筆を懇切に指導していただいたこともそうだが，何よりも，先生が西洋古典学研究室で教鞭をとられて以来，その御教育が筆者の骨肉を作った。先生は，鼻息の荒い小生意気な学生を鷹揚に，しかし真正面から受け止め，土台から鍛えてくださったものであった。

東京大学の片山英男先生に負う恩義も，決して小さくない。本書の重要な部分をなす修士論文の指導をしてくださったのは先生であり，その後も，最も的確なときに必要最小限の言葉でもって，多大の助言と叱咤・激励をくださった。

北海道大学の安西眞先生，慶應義塾大学の西村太良先生からは，修士論文を御見せして以来，折りに触れては有り難くも御指導・御鞭撻をいただいてきた。また論文審査の際には，先の御三方に加えて東京大学の橋場弦先生からも，貴重な御批判・御教示をたまわった。

成城大学の戸部順一先生には，特別の感慨とともに感謝したい。本書の方向性が固まったのは，先生の御発案による論文集においてである。そしてそもそもの初め，筆者が古典語の教えを最初に受けたのが先生であった。あの時そこに先生がいらっしゃらなければ，筆者がこの道に進むことはなかったであろう。

さらに東京大学西洋古典学研究室で机を並べた先輩・友人諸氏にも，いちいち名前は挙げられないがこの場を借りて感謝したい。あの厳しい切磋琢磨の環境が筆者に与えたものは計り知れない。

　そのうちでも中谷彩一郎（鹿児島県立短期大学），小林薫（東京大学非常勤講師）の両氏は，出版を前にした限られた時間の中でつぶさに原稿に目を通し，専門的な知見でもって幾多の誤りを正し助言をくださった。当然ながら残る難点は筆者のものである。

　本書の刊行に際しては，平成22年度科学研究費補助金（研究成果公開促進費）の助成を受けた。また知泉書館の小山光夫社長は，諸々の困難をものともせず本書の出版を快諾され，刊行に至るまで並々ならぬ御力添えをくださった。

　他にも名を挙げ切れない方々を含め，御世話になった人々を思い返して我が身の幸運に驚くとともに，衷心より深く感謝を申し上げたい。

　最後になるが，慶應義塾大学に勤める妻・和子もまた，出版直前の原稿に目を通し，多くの忠告をくれた。その他の語り尽くしようのない感謝については，別の機会に譲ろうと思う。

　2010年10月

　　　　　　　　　　　　　　　　　　　　　　　　　小　池　登

文 献 表

W. S. Barrett, *Euripides, Hippolytus*, Oxford, 1964.
A. J. Beattie, 'Pindar, *Ol.* 6.82 f.', *CR* 6 (1956), 1-2.
O. Becker, *Das Bild des Weges und verwandte Vorstellungen im frühgriechischen Denken*, Hermes Einzelschriften 4, Berlin, 1937.
T. Bergk, *Poetae Lyrici Graeci*, Leipzig, 1843^1, 1853^2, 1866-67^3, 1878-82^4.
A. Boeckh, *Pindari Opera*, 2 vols., Leipzig, 1811-1821 (ii, 2, 348-550 = L. Dissen, "Explicationes ad Nemea et Isthmia").
B. K. Braswell, *A Commentary on the Fourth Pythian Ode of Pindar*, Text und Kommentare 14, Berlin/New York, 1988.
―――., *A Commentary on Pindar, Nemean One*, Fribourg, 1992.
―――., review of Pelliccia, *Mind*, in *MH* 53 (1996), 308.
―――., *A Commentary on Pindar, Nemean Nine*, Text und Kommentare 19, Berlin/New York, 1998.
E. L. Bundy, *Studia Pindarica*, Berkeley/Los Angeles, 1962 (in 1 vol. 1986).
―――., 'The "Quarrel between Kallimachos and Apollonios". Part I. The Epilogue of Kallimachos', *CSCA* 5 (1972), 39-94.
A. P. Burnett, review of Bowra, *Pindar*, in *CPh* 63 (1968), 234-237.
―――., *Pindar's Songs for Young Athletes of Aigina*, Oxford, 2005.
R. W. B. Burton, *Pindar's Pythian Odes: Essays in Interpretation*, Oxford, 1962.
C. Carey, 'Three Myths in Pindar: *N.* 4, *O.* 9, *N.* 3', *Eranos* 78 (1980), 143-162.
―――., *A Commentary on Five Odes of Pindar: Pythian 2, Pythian 9, Nemean 1, Nemean 7, Isthmian 8*, New York, 1981.
―――., 'Pindar and the Victory Ode', in L. Ayres (ed.), *Passionate Intellect: Essays on the Transformation of Classical Traditions Presented to Professor I. G. Kidd*, New Brunswick, NJ, 1995, 85-103.
E. Cingano: vid. Gentili et al.
T. Cole, '1 + 1 = 3 : Studies in Pindar's Arithmetic', *AJPh* 108 (1987), 553-568.
K. Crotty, 'Pythian 2 and Conventional Language in the Epinicians', *Hermes* 108 (1980), 1-12.
B. Currie, 'Reperformance Scenarios for Pindar's Odes', in Mackie (ed.), 49-69.
―――., *Pindar and the Cult of Heroes*, Oxford, 2005.
G. B. D'Alessio, 'First-Person Problems in Pindar', *BICS* 39 (1994), 117-139.
―――., 'Past Future and Present Past: Temporal Deixis in Greek Archaic Lyric',

Arethusa 37 (2004), 267-294.
E. des Places, *Le Pronom chez Pindare: Recherches Philologiques et Critiques*, Paris, 1947.
K. J. Dover, 'Pindar, *Olympian Odes* 6.82-86', *CR* 9 (1959), 194-196 (= *Greek and the Greeks*, Oxford, 1987, 130-132).
A. B. Drachmann, *Scholia Vetera in Pindari Carmina*, 3 vols., Leipzig, 1903-27 (repr. Amsterdam, 1966-69).
L. R. Farnell, *The Works of Pindar*, 3 vols., London, 1930-32 (vol. 2: *Critical Commentary to the Works of Pindar*, repr. Amsterdam, 1965).
P. J. Finglass, *Pindar. Pythian Eleven*, Cambridge, 2007.
H. Friis Johansen, 'Agesias, Hieron, and Pindar's Sixth Olympian Ode', in O. S. Due et al. (edd.), *Classica et Mediaevalia: Francisco Blatt Septuagenario Dedicata*, Copenhagen, 1973, 1-9.
B. Gentili, P. A. Bernardini, E. Cingano, P. Giannini, *Pindaro: Le Pitiche*, Milano, 1995.
D. E. Gerber, 'Pindar, *Pythian* 2, 56', *TAPhA* 91 (1960), 100-108.
―――., *A Bibliography of Pindar 1513-1966*, Cleveland, 1969.
―――., *Emendations in Pindar, 1513-1972*, Amsterdam, 1976.
―――., *Pindar's Olympian One: A Commentary*, Phoenix suppl. 15, Toronto, 1982.
―――., 'Pindar's *Olympian* Four: A Commentary', *QUCC* n. s. 25 (1987), 7-24.
―――., 'Pindar and Bacchylides 1934-1987', *Lustrum* 31-32 (1989-1990), 97-269, 7-98 (index 283-292).
―――., 'Pindar, *Nemean* Six: A Commentary', *HSPh* 99 (1999), 33-91.
―――., *A Commentary on Pindar Olympian Nine*, Hermes Einzelschriften 87, Stuttgart, 2002.
P. Gianni: vid. B. Gentili et al.
B. L. Gildersleeve, *Pindar: The Olympian and Pythian Odes*, New York, 1885 (repr. Amsterdam 1965).
R. Hamilton, *Epinikion: General Form in the Odes of Pindar*, The Hague, 1974.
M. Health, 'Ancient Interpretations of Pindar's *Nemean* 7', *Papers of the Leeds International Latin Seminar* 7 (1993), 169-199.
W. B. Henry, 'Pindar, *Pythian* 2.56', *CQ* 50 (2000), 295-296.
T. K. Hubbard, *The Pindaric Mind: A Study of Logical Structure in Early Greek Poetry*, Mnemosyne suppl. 85, Leiden, 1985.
―――., 'Hieron and the Ape in Pindar, *Pythian* 2.72-73', *TAPhA* 120 (1990), 73-83.
―――., 'Theban Nationalism and Poetic Apology in Pindar, Pythian 9.76-96', *RhM* 134 (1991), 22-38.
―――., 'The Dissemination of Epinician Lyric: Pan-Hellenism, Reperformance, Written Texts', in Mackie (ed.), 71-93.
P. Hummel, *La Syntaxe de Pindare*, Louvain/Paris, 1993.
G. O. Hutchinson, *Aeschylus, Septem contra Thebas: Edited with an Introduction and*

Commentary, Oxford, 1985.

―――., *Greek Lyric Poetry: A Commentary on Selected Larger Pieces*, Oxford, 2001.

S. Instone, *Pindar, Selected Odes: Olympian One, Pythian Nine, Nemeans Two and Three, Isthmian One*, Warminster, 1996.

K. Itsumi, *Pindaric Metre: 'The Other Half'*, Oxford, 2008.

G. M. Kirkwood, *Selections from Pindar: Edited with an Introduction and Commentary*, Chico, CA, 1982.

―――., 'Pythian 5.72-76, 9.90-92, and the Voice of Pindar', *ICS* 6 (1981), 12-23.

A. Köhnken, 'Hieron und Deinomenes in Pindars erstem Pythischen Gedicht', *Hermes* 98 (1970), 1-13.

―――., *Die Funktion des Mythos bei Pindar: Interpretationen zu sechs Pindargedichten*, Berlin, 1971.

―――., 'Gebrauch und Funktion der Litotes bei Pindar', *Glotta* 54 (1976), 62-67.

―――., 'Meilichos Orga: Liebesthematik und aktueller Sieg in der neunten Pythischen Ode Pindars', *Entretiens Hardt* 31 (1985), 71-116.

P. Kyriakou, 'A Variation of the Pindaric Break-Off in *Nemean* 4', *AJPh* 117 (1996), 17-35.

S. Lavecchia, 'Pindaro ἑρμανεὺς σοφός: Considerazioni su *Ol.* 2, 85-86', *Hermes* 128 (2000), 369-372.

H. M. Lee, 'The "Historical" Bundy and Encomiastic Relevance in Pindar', *CW* 72 (1978), 65-70.

―――., 'Slander (διαβολή) in Herodotus 7, 10, η, and Pindar, Pythian 2, 76', *Hermes* 106 (1978), 279-283.

M. R. Lefkowitz, *The Victory Ode: An Introduction*, Park Ridge, NJ, 1976.

―――., 'The Poet as Athlete', *SIFC* 2 (1984), 5-12 (= *First-Person Fictions*, 161-168).

―――., *First-Person Fictions: Pindar's Poetic 'I'*, Oxford, 1991.

―――., 'The First Person in Pindar Reconsidered—Again', *BICS* 40 (1995), 139-150.

G. Liberman, *Pindare, Pythiques*, Paris, 2004.

H. Lloyd-Jones, 'Modern Interpretation of Pindar: The Second Pythian and Seventh Nemean Odes', *JHS* 93 (1973), 109-137 (= *Greek Epic, Lyric, and Tragedy*, 110-153).

―――., 'Pindar', *PBA* 68 (1982), 139-163 (= *Greek Epic, Lyric, and Tragedy*, 57-79).

―――., *Greek Epic, Lyric, and Tragedy: The Academic Papers of Sir Hugh Lloyd-Jones*, Oxford, 1990.

P. Maas, 'Zu den neuen Bruchstücken des Bakchylides', *Jahresberichte Philol. Verein Berlin* 45 (1919), 37-41 (= Kleine Schriften, München, 1973, 28-33).

C. J. Mackie (ed.), *Oral Performance and Its Context*, Mnemosyne suppl. 248, Leiden/Boston, 2004.
B. MacLachlan, *The Age of Grace: Charis in Early Greek Poetry*, Princeton, NJ, 1993.
H. Maehler, *Bacchylides: A Selection*, Cambridge/New York, 2004.
J. B. McDiarmid, 'Pindar Olympian 6.82-83: The Doxa, the Whetstone, and the Tongue', *AJPh* 108 (1987), 368-377.
A. M. Miller, 'Pindar, Archilochus and Hieron in *P*. 2.52-56', *TAPhA* 111 (1981), 135-143.
―――., '*Phthonos* and *Parphasis*: The Argument of *Nemean* 8.19-34', *GRBS* 23 (1982), 111-120.
―――., '*N*. 4.33-43 and the Defense of Digressive Leisure', *CJ* 78 (1983), 202-220.
―――., 'Inventa Componere: Rhetorical Process and Poetic Composition in Pindar's Ninth Olympian Ode', *TAPhA* 123 (1993), 109-147.
―――., 'Pindaric Mimesis: The Associative Mode', *CJ* 89 (1993-1994), 21-53.
―――., 'Nestor and Sarpedon in Pindar, Pythian 3 (Again)', *RhM* 137 (1994), 383-386.
G. W. Most, *The Measures of Praise: Structure and Function in Pindar's Second Pythian and Seventh Nemean Odes*, Hypomnemata 83, Göttingen, 1985.
―――., 'Pindar, *O*. 2.83-90', *CQ* 36 (1986), 304-316.
―――., 'Two Leaden Metaphors in Pindar, *P*. 2', *AJPh* 108 (1987), 569-584.
L. L. Nash, 'The Theban Myth at *Pythian* 9, 79-103', *QUCC* n. s. 11 (1982), 77-99.
G. Norwood, 'Pindar *Olympian* vi. 82-88', *CPh* 36 (1941), 394-396.
R. Nünlist, *Poetologische Bildersprache in der frühgriechischen Dichtung*, Stuttgart/Leipzig, 1998.
D. L. Page, *Sappho and Alcaeus: An Introduction to the Study of Ancient Lesbian Poetry*, Oxford, 1955.
A. Palaiogeorgou, 'Pindar's *Nemean* 4.33-43: The Case of the Break-Off', *Hellenica* 53 (2003), 257-267.
C. Pavese, 'Pindarica', *Maia* 16 (1964), 307-312.
A. C. Pearson, 'Pindar, *Ol*., 6.82', *CR* 45 (1931), 210.
H. Pelliccia, 'Pindarus Homericus: *Pythian* 3.1-80', *HSPh* 91 (1987), 39-63.
―――., *Mind, Body, and Speech in Homer and Pindar*, Hypomnemata 107, Göttingen, 1995.
J. Péron, *Les Images Maritimes de Pindare*, Paris, 1974.
G. A. Privitera, *Pindaro: Le Istmiche*, Milano, 1982.
W. H. Race, 'Aspects of Rhetoric and Form in Greek Hymns', *GRBS* 23 (1982), 5-14.
―――., *Style and Rhetoric in Pindar's Odes*, Atlanta, GA, 1990.
―――., *Pindar*, 2 vols., Loeb Classical Library 56 & 485, Cambridge, MA, 1997.
―――., 'Pindar's *Olympian* 11 Revisited post Bundy', *HSPh* 102 (2004), 69-96.
―――., 'Rhetoric and Lyric Poetry', in ed. I. Worthington, *A Companion to Greek*

Rhetoric, Malden, MA, 2007, 509-525.
C. A. P. Ruck, 'Marginalia Pindarica', *Hermes* 96 (1968), 129-142.
I. C. Rutherford, 'Odes and Ends: Closure in Greek Lyric', in D. H. Roberts, F. M. Dunn, D. Fowler (edd.), *Classical Closure: Reading the End in Greek and Latin Literature*, Princeton, NJ, 1997, 43-61.
―――., *Pindar's Paeans: A Reading of the Fragments with a Survey of the Genre*, Oxford, 2001.
W. Schadewaldt, *Der Aufbau des pindarischen Epinikion*, Halle an der Saale, 1928 (= Darmstadt, 1966).
L. Schmidt, *Pindar's Leben und Dichtung*, Bonn, 1862.
O. Schroeder, *Pindari Carmina*, Leipzig, 1900 (Appendix, 1923) (= editio maior).
―――., *Pindars Pythien*, Leipzig, 1922.
R. Scodel, 'Self-Correction, Spontaneity, and Orality in Archaic Poetry', in I. Worthington (ed.), *Voice into Text: Orality and Literacy in Ancient Greece*, Mnemosyne suppl. 157, Leiden, 1996, 59-79.
S. D. Skulsky, 'Πολλῶν Πείρατα Συντανύσαις: Language and Meaning in *Pythian* 1', *CPh* 70 (1975), 8-31.
W. J. Slater, *Lexicon to Pindar*, Berlin, 1969.
―――., 'Futures in Pindar', *CQ* 19 (1969), 86-94.
―――., review of Young, *Three Odes*, in *Phoenix* 25 (1971), 70-73.
―――., 'Doubts about Pindaric Interpretation', *CJ* 72 (1977), 193-208.
―――., 'Pindar's *Pythian* 3: Structure and Purpose', *QUCC* n. s. 29 (1988), 51-61.
―――., 'Pindar, *Nemean* 7.102: Past and Present', *CQ* 51 (2001), 360-367.
B. Snell, H. Maehler, *Pindari Carmina cum Fragmentis*, 2 vols., Leipzig, 1987-1989.
D. T. Steiner, 'Slander's Bite: *Nemean* 7.102-5 and the Language of Invective', *JHS* 121 (2001), 154-158.
E. Thummer, *Pindar, Die isthmischen Gedichte*, 2 vols., Heidelberg, 1968-9.
―――., 'Die zweite pythische Ode Pindars', *RhM* 115 (1972), 293-307.
Y. L. Too, '"Ἥρα Παρθενία and Poetic Self-Reference in Pindar "Olympian" 6.87-90', *Hermes* 119 (1991), 257-264.
E. Tugendhat, 'Zum Rechtfertigungsproblem in Pindars 7. Nemeischen Gedicht', *Hermes* 88 (1960), 385-409.
A. Turyn, *Pindari Carmina cum Fragmentis*, Kraków, 1948 (repr. Oxford, 1952).
W. J. Verdenius, *Commentaries on Pindar*, 2 vols., Mnemosyne suppl. 97 & 101, Leiden, 1987-88.
―――., 'Pindar, *O.* 2, 83-86', *Mnemosyne* 42 (1989), 79-82.
U. von Wilamowitz-Moellendorff, *Pindaros*, Berlin, 1922.
M. M. Willcock, *Pindar, Victory Odes: Olympians 2, 7, and 11; Nemean 4; Isthmians 3, 4, and 7*, Cambridge, 1995.
J. R. Wilson, 'KAIROS as "Due Measure"', *Glotta* 58 (1980), 177-204.

―――., 'Adherescent Negative Compounds with $\phi\eta\mu\iota$ and the Infinitive', *Glotta* 66 (1988), 88-92.
L. Woodbury, 'The Epilogue of Pindar's *Second Pythian*', *TAPhA* 76 (1945), 11-30.
―――., 'The Tongue and the Whetstone: Pindar, *Ol.* 6.82-83', *TAPhA* 86 (1955), 31-39.
D. C. Young, *Three Odes of Pindar: A Literary Study of Pythian 11, Pythian 3, and Olympian 7*, Mnemosyne suppl. 9, Leiden, 1968.
―――., 'Pindaric Criticism', in W. M. Calder III, J. Stern (edd.), *Pindaros und Bacchylides*, Darmstadt, 1970, 1-95 (orig. pub. in *Minnesota Review* 4 [1964], 584-641).
―――., *Pindar Isthmian 7: Myth and Exempla*, Mnemosyne suppl. 15, Leiden, 1971.
―――., 'Pindar's Style at *Pythian* 9.87 f. ', *GRBS* 20 (1979), 133-143.
―――., 'Pindar, Aristotle, and Homer: A Study in Ancient Criticism', *ClAnt* 2 (1983), 156-170.
―――., 'Pindar *Pythians* 2 and 3: Inscriptional $\pi o\tau\acute{\epsilon}$ and the "Poetic Epistle"', *HSPh* 87 (1983), 31-48.
D[ouglas] Young, 'Some Types of Scribal Error in Manuscripts of Pindar', *GRBS* 6 (1965), 247-273.
J. E. Ziolkowski, *Thucydides and the Tradition of Funeral Speeches at Athens*, New York, 1981.

安西眞，「「ἄ[ἰξον ὤ]」(Bacchylides 2.1) をめぐって」，『西洋古典学研究』46号 (1998年)，1-11頁（英文サマリー，167-168頁）。
―――，『ピンダロス研究：詩人と祝勝歌の話者』，北海道大学図書刊行会，2002年。
逸身喜一郎，『ギリシャ・ローマ文学：韻文の系譜』，放送大学教育振興会，2000年。
小池登，「祝勝歌の論述法：ピンダロス『ピュティア第二歌』67行 χαῖρε 以下について」，『西洋古典学研究』47号（1999年），12-22頁（英文サマリー，184-187頁）。
―――，「祝勝の二人称：ピンダロス『ピューティア第1歌』85-92行」，『成城文藝』185号（2004年），105-136頁。
―――，「ピンダロス研究と文学史」，科学研究費補助金研究成果報告書（代表者・逸身喜一郎）『古典古代史の近年の動向に対応したギリシャ・ローマ思想史ならびに文学史の書きかえ』(2006年)，65-71頁。
―――，「ピンダロス『ネメア第7歌』102-104行の理解に向けて」，『東京大学西洋古典学研究室紀要』2号（2006年），13-25頁。
―――，「時宜とテレシクラテース：ピンダロス『ピューティア第9歌』79-80行再考」，『東京大学西洋古典学研究室紀要』3号（2007年），23-33頁。
―――，「称賛の利得：ピンダロス『イストミア第1歌』1-12行」，大芝芳弘・小池登（編）『西洋古典学の明日へ：逸身喜一郎教授退職記念論文集』知泉書

館,2010年,51-70頁。

橋本隆夫,書評:安西『ピンダロス研究』,『西洋古典学研究』51号(2003年),129-131頁。

事項・語彙索引

アイスキュロス Aeschylus：39, 111n.44
アッティカ弁論：19n.33
アルカイオス Alcaeus：39
アルキロコス Archilochus：116
イソクラテース Isocrates：19
一人称単数：22, 36, 68, 90-91
祈り，祝勝歌結尾における：126-127, 137-138
エウリーピデース Euripides：19, 91n.32
鍛冶（の比喩）：40-41, 51
カッリマコス Callimachus：104
義務のモチーフ：→ χρέος
競技者を装う歌い手：12n.17, 16-17n.24, 47-50, 55
競技種目への言及：99n.3
驚嘆のモチーフ：→ θαῦμα
拒絶のモチーフ：9-10
ギリシャ悲劇：17n.25
金銭表現：47-48, 51
近代ロマン主義：22, 28n.6, 131
語順入れ換え：92n.35, 96n.55
サッポー Sappho：19
賛歌：104-105, 110-112, 137-138
舌（の比喩）：40-41, 95-98
嫉妬（のモチーフ）：37-38, 42-45, 49, 51-52, 54, 103-104, 124-127
修辞学：24n.58
修正読み：11n.15, 20-21, 51n.68, 68n.27, 69, 78n.9, 80n.19, 91n.32, 92n.35, n.39, 94n.48, n.52, 95-98, 99n.3
祝勝の未来：17n.24, 23, 86, 89, 134n.20, 140-141
上演の場：17-18
条件文：9-10, 81-83, 87n.26
勝利回数への言及：69
勝利地への言及：59-67, 99n.3

勝利の列挙：59-70, 73
神話的言及，祝勝歌結尾における：139n.34
神話の脈絡：21
スコリア：5, 22, 24, 27, 28n.6, 58, 79n.15, 80n.17, 92-93, 130, 131-133, 141
接続語省略：→ asyndeton
善行のモチーフ：→ εὐεργεσία
線的進行：9
即興の素振り：23
断絶（形式）：12, 14, 16-17n.24, 29, 37, 39, 44, 90-91, 114, 116-117
単独上演説：22n.50
デーモステネース Demosthenes：19
手紙詩：99, 102
テミスティオス Themistius：19n.34
伝記事項：128, 132, 135-136
伝記主義：22, 28n.6, 73, 101, 128
二人称：27-56, 68n.27, 102n.15, 118n.55
――，不定の：30n.17, 35n.27, 118
バッキュリデース Bacchylides：3, 13-14, 19, 99, 120n.57, n.60, 130
パルメニデース Parmenides：77n.4
否定辞，言説動詞にかかる：133-134
比喩，「大胆な――」：75-79, 97-98
不定の一人称：33, 41n.43, 47-50, 55-56, 122, 126n.82
船（の比喩）：16n.23, 38-41, 46, 51, 53, 112, 114
武力と文芸の相補性：88-89
ホメーロス Homerus：86, 111n.44
ホメーロス風賛歌 hymni Homerici：19, 104, 137-138
命令，歌い手への：27-56, 87, 102
目下の歌への言及：86, 112n.46, 138-141
容易のモチーフ：→ εὐμηχανία

呼びかけ，歌い手自身への：27-56, 87, 102
―――，被称賛者への：30-31,83-84,112
リューシアース Lysias：19
歴史主義：22,23,28n.6,131
輪構造：46,50-51,69,84-85,88-89,105, 107-109,112-115,118

Abbruchsformel：→断絶形式
asyndeton：17n.24, 75, 82, 90-94, 98, 118n.55
basis 言語：13-17,20n.35,36n.29
catachresis：80n.16
emendation：→修正読み
encomiastic future：→祝勝の未来
first-person indefinite：→不定の一人称
Grundgedanke：127n.85
linear progress：→線的進行
oral-subterfuge：23
recusatio：→拒絶のモチーフ
Selbstanrede：→呼びかけ，歌い手自身への
transposition：→語順入れ換え
victory catalogue：→勝利の列挙

ἀκόνη：75-79,92,95-98
ἄλλοτε ἄλλον：114-115
ἀνήρ：86-87
ἄτροπος：133-134
γλῶσσα：40-41,78n.10,95-98
δαπάνη：46-48,50n.67,51
δέ：11-12,136-138
δεῖ：24n.59

δίκη：43n.46,123
δόκησις：79n.15
δόξα：75-98
εἰ δέ：81-83
ἕλκω：125n.78,133-134
εὐεργεσία：28,42,46
εὐμηχανία：42-45,54n.75,96-98
θαῦμα：114,116
καί：64-67
καιρός：57-73
κακηγορία：117,120-127
κῆδος：80n.16
μάρτυς：42-45,51-52
νιν：57-73,88
ὀργή：45-46
πίθων：119-120
πνοή：75,93
πόνος：46
ποτὲ καί：58-59,61n.15
στάθμη：125
στρατός：40
ταμίας：42-45
τε：66-67
τιμή：72n.39
τις：75-77,90-92
ὕβρις：117,124-127
φελλός：122
φημί：68
φθόνος：→嫉妬
χαῖρε：31n.19,100-113,127,137
χάρις：105,110-112,137
χρέος：24, 43n.46, 47-50, 96, 104, 114, 116,123-127
χρή：24n.59,47

原典箇所索引

Aeschylus
　Ch. 505-507：122n.67
　　1051-1054：76-77
　Sept.：21n.46
　　1-3：39n.33
Anthologia Palatiana
　6.28：122n.67
　6.38：122n.67
　6.90：122n.67
Archilochus
　fr. 23.14-15W：123n.71
　fr. 185-187W：120n.58
Aristophanes
　Ra. 313：93n.44
　　1021-1024：21n.46
Aristoteles
　Rh. 1367b38-1368a1：
　　41n.43
Bacchylides
　1.159：68n.29
　3.38：111n.44
　96ff.：52n.71
Demosthenes
　3.17：134n.21
　39.28：134n.21
Euripides
　Ba. 893：47n.60
　Or. 145：93n.44
　Tr. 61：16
Heraclitus
　fr. 82-83DK：120n.58
Herodotus
　2.49.2：134n.21
　4.82：16
　7.10：120n.60

Hesiodus
　Op. 353：123n.71
　　722-723：50n.67
Homerus
　Il. 4.54：16n.24
　　10.462：110n.43
　　13.271：16n.24
　Od. 8.492-493：15-16
　hymni Homerici
　2.494：104n.22
　　494-495：111
　3.165-178：104-105
　　545-546：110
　5.292-293：110
　　293：15
　6.19-20：104n.22
　9.7：104n.22
　　7-9：111
　　9：15
　14.6：104n.22
　16.5：104n.22
　18.11：15
　19.48：104n.22
　21.5：104n.22, 111
　25.6：104n.22
　30.17-18：104n.22
Pindarus
　O. 1：108n.33, n.35,
　　109n.38, n.39
　　3-4：35
　　17：87n.27
　　18：31n.20
　　28-35：43
　　30-31：72n.39
　　33-34：43n.45
　　47：43n.47

　　52：14, 17n.24
　　52-53：117
　　53：43n.47, 51n.70,
　　　121n.62
　　107：80n.16
　　114：41n.43
　　115-116：48, 137
　　115b-116：126n.80
　　fin.：135, 137
　O. 2：108n.33, n.35,
　　109n.38
　　83-84：96-97
　　83-89：44
　　85-86：44n.54
　　89ff.：102n.15
　O. 3：108n.33, n.35
　　9-16：95n.54
　O. 4：109n.39
　　2-3：99n.3
　O. 5：109n.39
　　15：46n.57
　　21-23：30n.15
　　21-24：30n.17
　　24：53n.72
　　fin.：138n.31
　O. 6：75-98, 108n.33,
　　n.35, 109n.39
　　4-7：83
　　22-25：30n.17, 48n.62,
　　　87
　　24：92n.38
　　24-28：85
　　27-28：24n.59
　　64：85
　　74-76：124n.74
　　77：87

77-81：81-85
82：108
82-83：41n.41
82-84：75-98
85-87：86-89
86-87：133n.16
87：40n.38,139n.36
87-88：36n.28
88：52n.71,139
89-90：77n.4
90：43n.51
91：139n.35
92-97：88-89
101：87
103-105：139n.34
fin.：135,137
O. 7：108n.33,n.35,
　　109n.38
8：86-87n.26
15-16：47,86n.26
45-48：91n.33
80-84：66-67
92：31n.20
fin.：138n.31
O. 8：108n.33,n.35
72：108
77-81：91n.33
fin.：138n.31
O. 9：108n.33,n.35
1-48：41n.42
6：31n.20,41n.42
11：31n.20,41n.42
11-12：35
12：43n.51
12-14：86n.26
14：41n.42
36：41n.42
40：31n.20,41n.42
41：41n.42
47：31n.20,41n.42
48：31n.20,41n.42
80-81：48

83-84：95n.54
100：109
109：31n.20
112：139n.34
O. 10：108n.33,n.35
9：47
43：94n.49
53-55：43n.48
72-73：44n.53
104-105：139n.34
O. 11.4-10：53-54
7：54n.75
10：54n.76
17-19：89
19-20：7n.7
O. 12.17-18：64
O. 13：108n.33,n.34
11-12：41n.40
18：94n.51
22-23：88-89
23：87n.27
43：31n.19
P. 1：27-56,109n.39
5-13：52
14-28：52
33-38：53
37：58n.5
44-45：48
58-80：28
61-70：52
71-80：52
75-77：47
81：55,72n.38
81-86：27-36,55
85-86：37-42,46
85-92：27-56
86：51
87-88：42-45,55
88：51
89-90：45-50,55
89-92：46
90：51

91-94：50-55
92：51n.68
92-94：46
94-98：70
97-98：72n.37
99-100：52-53
P. 2：99-128，108n.33,
　　109n.39
1-8：30n.17
1-12：107
3：99n.3,106
5：99n.3
13-14：126
13-16：71-72
17：126
21-48：105-107
24：126
49-61：115-118
54：17n.24
56：116-117n.52
57-58：30n.15
57-67：107
62-63：39n.37
62-67：112
62-71：126
64：68n.29
67-71：107-113, 138-
　　139
67-96：99-128
72：113-118,121,125
72-78：119-121
72-96：43n.46
76：43n.46
76-78：51n.70
79-88：121-123
88-96：124-126
96：126
P. 3：109n.39
1-78：9-10
54：51n.70
59-60：113n.49
66：86-87n.26

原典箇所索引

74：58n.6
78：139n.33
110-111：48
112-114：70,139n.34
P. 4：109n.39
　1-2：86n.26
　99：51n.70
　105：51n.70
　247-249：90
　270-276：41n.43
　272-274：39n.36
　280：96n.55
P. 5：108n.33,n.35
　22：87n.27
　23：96n.55
　23-44：84
　39：94n.50
　106：46n.57
　fin.：138n.31
P. 6：108n.33,n.34
　8：43n.50
　44：96n.55
　45：125n.78
P. 7.13-14：96n.56
P. 8：108n.33,n.35,
　　109n.39
　16：58n.5
　28：87n.27
　33：30n.15
　48：94n.49
　73-97：114-115
　88：109
　97：96n.55
　fin.：138n.31
P. 9：57-73,109n.39
　71-75：63-67,69
　73：68
　76-79：59,63,72
　76-90：69
　77-78：133n.16
　78-79：78-79n.12
　79-80：57-73

80-88：58,70-73
89a-92：68-70
90-92：68n.27,69n.30
90-103：67n.26
91：31n.19,68n.27
97：70n.32
97-103：69n.30
103-105：91,102n.16
P. 10：108n.33,n.35
　4：96n.56
　6：87n.27
　48-63：114
　51：31n.20
　51-54：40
　59：109
　71-72：39n.35,n.36
P. 11：108n.33,n.35,
　　109n.39
　7-8：40n.38
　38-40：36n.30
　46：99n.3
　50：109
　55-62：71-72
P. 12：109n.39
N. 1：109n.39
　13：31n.20,91n.32
　20：86n.26
　31-32：41n.43
N. 2.23：70n.32
　25：52n.71
N. 3：108n.33,n.35,
　　109n.38
　1-3：94n.51
　26-28：39
　29：40n.39,43n.49
　31：31n.20
　31-32：43n.51
　76：31n.19,100-101
　76-80：104n.22
　76-84：100-101
　77：52n.71
　79：93n.44

N. 4：108n.33,n.34
　6-8：41n.40
　9：94n.50
　17-22：67n.25
　33-39：10-12
　33-46：44
　35：125n.78,133n.13
　36-37：78-79n.12
　37：31n.20
　44：35
　44ff.：102n.15
　69：31n.20
　73-75：99n.3
　79-81：96n.56
　93-94：48
　94：133n.12
N. 5：108n.33,n.34
　2-3：39n.37
　14：17n.24
　16：14,17n.24
　19-20：17n.24
　34：94n.49
　43-54：30n.17
　50：31n.20
　50-51：40,51n.69
　51：31n.20
　53：52n.71
N. 6：108n.33,n.35
　7：125n.78
　27：96n.55
　28-29：35
　34-44：65-66
　57-59：99n.3
N. 7：99n.3,108n.33,
　　n.34,109n.39,131-
　　141
　1：31
　9-10：89
　11-12：93n.43
　23-27：123n.70
　23-30：121n.63
　31-32：72n.39

43：96n.55
50：31
58：31
61：93n.48
62：86n.26
63：47
70：31
70-73：48
70-75：30n.17
77：31
80ff.：102n.15
81：31
86：31
98：137
102-104：131-141
N. 8：108n.33,n.34
　19：14,16n.24
　19-39：49
　21-22：124n.74
　21-34：121n.63
　31：96n.55
　32-34：121n.64
　33：51n.70
　38：126n.80
　38-39：48-49
　39：123n.72
　40-41：40n.39
　44-48：30n.17
　46：52n.71
　50-51：139n.34
N. 9：108n.33,n.35
　6-7：91n.33
　24：94n.49
　33：87n.27
　34-35：35n.27
　46：109
　46-47：53n.72
　48-55：52
　52：58n.6
N. 10：109n.39
　19-22：38
　21：31n.20

　22：31n.20
　22-28：60-61,64-65
　25：58n.6
N. 11：109n.39
　15-32：115n.51
I. 1：108n.33,n.35,
　　109n.39
　14-34：112
　41：45n.56
　42：46n.57
　45-46：47
　51：47
　52-62：61
　63：109
　67-68：46n.58,138n.31
I. 2：109n.39
　1-12：51n.70
　30-45：115n.51
　35：45n.56
　39-40：51n.69
　43-45：38
　43-48：140
　47：36,52n.71
I. 4.3：92n.38
　29：46n.57
　70：96n.55
　73：96n.55
I. 5：108n.33,n.35
　13：53n.72
　14-15：118n.55
　14-18：30n.17
　22-25：82-83
　24：31n.20
　38：31n.20
　39：31n.20
　46-48：96
　51：31n.20
　57：46n.57
　62：31n.20,52n.71
　63：31n.20
I. 6：108n.33,n.34
　10-16：46n.57

　11-12：53n.72
　18：86n.26
　24：70n.34
　57-58：43n.50
　58ff.：59,63n.22
I. 7：109n.39
　8：96n.55
　20：31n.20
　31-36：30n.17
　37-42：49
　39：48
　fin.：138n.31
I. 8：108n.33,n.35
　1-4：35-36
　7：31n.20
　56a-58：70n.35
　65：58n.6
Pa. 6：132-133,136n.27
　fr. 128f：94n.49
Plato
　Mx. 239c：24n.59
scholia in Pindarum
　O. 2.44：79n.15
　O. 5.37b：79n.15
　O. 6.140a, c：79n.15
　　141b-e：79n.15
　　142a：93n.41,95n.53
　　142b：95n.53
　　144c-d, g：93n.41
　O. 8.33a, d：79n.15
　P. 1.167b：28n.6
　　173：28n.6
　P. 2.132c-f：120n.57
　P. 9.137a-c：58n.3
　　138：58n.3
　N. 11.30b-c：79n.15
Semonides
　7.71-82：120n.58
Solon
　13.5-6W：123n.71
Sophocles
　Aj. 522：110-111n.44

1259：113n.49
Tr. 1073：134n.21
Theognis
31-38：126n.80

337-340：123n.71
869-872：123n.71
Thucydides
2.35.3：24n.59

5.104：16n.24
Xenophon
Ages. 1.1：24n.59

小池　登（こいけ・のぼる）

1969 年生まれ。東京大学大学院人文社会系研究科西洋古典学専門分野博士課程修了，博士（文学）取得（2008 年）。現在，東京大学大学院人文社会系研究科西洋古典学研究室助教。専門は西洋古典学，特にギリシャ文学。
〔主要業績〕『西洋古典学の明日へ』（共編，知泉書館，2010年），「祝勝歌の論述法」（『西洋古典学研究』47, 1999 年），「祝勝の二人称」（「成城文藝」185, 2004 年）など。

［ピンダロス祝勝歌研究］　　　　　　　　　　　　　　　ISBN978-4-86285-095-9

2010 年 11 月 20 日　第 1 刷印刷
2010 年 11 月 25 日　第 1 刷発行

　　　　　　　　　　　著　者　　小　池　　　登
　　　　　　　　　　　発行者　　小　山　光　夫
　　　　　　　　　　　印刷者　　藤　原　愛　子

発行所　〒113-0033 東京都文京区本郷 1-13-2　　株式会社　知泉書館
　　　　電話 03(3814)6161 振替 00120-6-117170
　　　　http://www.chisen.co.jp

Printed in Japan　　　　　　　　　　　　　印刷・製本／藤原印刷